U0462543

①赴香港公干。右为蔡其矫（1950）

②为盟军登陆而举办的英语培训班同学合影。后排右一为蔡其矫，
前排右一为徐竞辞（1945）

①与聂华苓（右）、美国诗人安格尔（中）在北京华侨大厦（1978）

②与丁廷森（左）、莫伦（右）（20世纪80年代）

①在晋江迎春晚会上朗诵《波浪》（1980）

②在马尼拉朗诵《川江号子》（1985）

③与老友重逢。右一为蔡其矫

①在香港与朋友相会。左起：梅子、舒巷城、蔡其矫、陶然（1985）
②与香港朋友聚会。左起：林振民、梁秉钧、蔡其矫、陶然（1985）

①在福建省文联宿舍（1988）

②与夫人（左）、大妹（中）在印尼泗水（1995）

①

②

③

①重返爪哇岛（1995）

②牛汉画的蔡其矫（2000）

③与美籍华人诗人王性初（右）（2002）

在中国作协第七次全国代表大会开幕式上，与犁青（前排左）、陶然（前排右）、张诗剑（后排右）等摄于人民大会堂（2006）

①聂努达诗歌翻译手稿

②部分译著书影

王炳根 编

蔡其矫全集

第六册

译文

海峡出版发行集团
海峡文艺出版社

目　录

古译今

英译汉

⊙ **古译今**

译《孔雀东南飞》*

　　东汉末年，安徽庐江府小吏焦仲卿的妻子刘兰芝，被婆婆遣回娘家，她发誓不再嫁，又受娘家逼迫，遂投水自尽。她丈夫得讯，亦自悬于庭树殉情。当时民间为此悲伤，写诗纪念这不幸的一对。

　　　　一对孔雀比翼向东南飞，
　　　　行程中常停下回想过去。
　　　　"十三岁，我能织白绢，
　　　　十四岁，学会把布裁成衣。
　　　　十五岁，自弹七弦琴，
　　　　十六岁，懂得背诵诗书。
　　　　十七岁，成为你的妻子，
　　　　常在内心痛苦中服苦役，
　　　　留守空虚的闺房，

---

　　*　作者无名氏，东汉人。

1

难得相见在平常时。

天微亮匆忙入机房，

一夜又一夜不能歇息。

三天我织五匹布，

婆婆还嫌我行动迟；

不是我织造迟，

是做你家媳妇太不易。"

附原文：

序曰：汉末建安中，庐江府小吏焦仲卿妻刘氏，为仲卿母所遣，自誓不嫁。其家逼之，乃投水而死。仲卿闻之，亦自缢于庭树。时人伤之，为诗云尔。

孔雀东南飞，五里一徘徊。"十三能织素，十四学裁衣，十五弹箜篌，十六诵诗书。十七为君妇，心中常苦悲。君既为府吏，守节情不移，贱妾留空房，相见常日稀。鸡鸣入机织，夜夜不得息。三日断五匹，大人故嫌迟。非为织作迟，君家妇难为！"

译曹操*诗

观　沧　海

登上碣石山的高处，
向东俯视苍茫的东海。
看那海水是多么动荡不定，
看那山岛又一概高耸屹立。
那岛上的树木密密覆盖，
百草也无不欣欣向荣。
一阵萧瑟的秋风吹来，
滔天的波澜忽然涌起。
绕行周天的太阳和月亮，
好像都是在这海中吞吐；
星光灿烂的天上银河，
也好像是含孕在这海里。

---

* 曹操，东汉诗人。

附原文：

> 东临碣石，以观沧海。
>
> 水何澹澹，山岛竦峙。
>
> 树木丛生，百草丰茂。
>
> 秋风萧瑟，洪波涌起。
>
> 日月之行，若出其中；
>
> 星汉灿烂，若出其里。
>
> 幸甚至哉，歌以咏志。

龟　虽　寿

传说中的神龟虽然长寿，

不免仍有生命终结之时；

飞腾的龙据说能乘云驾雾，

也终于要落地化为土灰。

衰老的良马蜷伏在厩棚之下，

它的志向是在驰骋千里；

重义轻生而怀抱事业的人，

到了晚年也不使雄心消歇。

个人寿命的长短期限，

不完全由自然规律来决定；

培养乐观精神得到的好处，

可以使生命饱满绵长。

附原文：

> 神龟虽寿，犹有竟时。

腾蛇乘雾，终为土灰。

老骥伏枥，志在千里；

烈士暮年，壮心不已。

盈缩之期，不但在天；

养怡之福，可得永年。

幸甚至哉，歌以咏志。

（《龟虽寿》收入《蔡其矫诗歌回廊·太阳石》）

译崔珏[*]诗

鸳　　鸯

彩色的羽毛闪烁在落日里，

水鸟像你这样多情的有谁？

在如烟的岛上暂时分别还不断回头，

只为渡过寒冷的池塘也要一起飞。

人们把你的形象塑造在宫殿的瓦上，

又把你相亲相爱的故事绣在锦被。

多少水上划船的采莲女儿，

微笑中带着无限的羡慕望着你。

附原文：

翠鬣红衣舞夕晖，水禽情似此禽稀。

暂分烟岛犹回首，只渡寒塘亦并飞。

映雾尽迷珠殿瓦，逐梭齐上玉人机。

* 崔珏，唐代诗人。

采莲无限兰桡女，笑指中流羡尔归。

赠

锦江的群芳少有动人的女郎，
占有全部风流像你那样实在很难。
正当心为早晨的梦迷惑时窗还黑暗，
看到你粉从肌肤脱落汗还没有干。
脸上的红桃从镜中向外照耀，
眸子的春水照人还带点微寒。
可叹这里不是我的乡土，
不能像花那样把你年年观看。

附原文：

锦里芬芳少佩兰，风流全占似君难。
心迷晓梦窗犹暗，粉落香肌汗未干。
两脸夭桃从镜发，一眸春水照人寒。
自嗟此地非吾土，不得如花岁岁看。

译李白 * 诗

梦 游 天 姥

海上回来的人谈起瀛洲，

隔着渺茫的烟波使人实在难以寻求。

越人说起过的天姥山，

虽在云霞中时隐时现却也许还能看到。

那天姥山横在半空仿佛与天相连，

它超过峻拔的五岳也盖过附近的赤城。

连无垠高峰的天台山，

对着它也要拜倒在东南脚下。

就因为这样我才在梦中常到吴越去，

一夜之间就飞过月光下的镜湖，

---

* 李白，唐代诗人。

那湖上的明月照着我的影子，

并且送我直到剡溪，

在那里，谢灵运投宿过的地方尚在，

在那里，荡漾的绿水回应着猿猴清啼。

于是我脚穿谢灵运游山的木屐，

身登上连青云的石阶，

在高山之巅看东海红日从山腰涌出，

听传说中的神鸡在空中初啼。

没料在千回万转的山石间迷了路，

身靠岩石为缤纷山花吸引时天忽然昏暗。

这时，熊在咆哮，龙在啸吟，

震动得山石泉水、深林和顶峰惊慌战栗。

黑暗的云天好像要下雨，

朦胧的水面也升腾起烟雾。

随之闪电霹雳大作，

山峦立即崩裂，

轰隆一声巨响，

通向神仙洞府的石门打开了。

在一望无际的青色透明的空冥中，

显露出日月照耀着金楼银台。

以彩虹做衣裳，以风当乘马，

云中的人纷纷走下来，

老虎在鼓瑟，鸾凤在拉车，

无数的仙人们列队来迎接。

忽然间因为魂魄受惊动，

从恍惚中梦醒过来长叹息，

只觉得枕席依旧，

而刚才的烟雾云霞哪里去了？

人生世间一切快乐也如同这游仙幻梦，

自古以来万事都如东逝流水！

你问我离别去到哪里后何时回来，

我愿骑白鹿流浪在青崖间，

到名山寻仙访道去多么自由，

怎能低眉屈腰奉承那些权臣贵戚，

使得我永不能颜笑心欢畅呀！

附原文：

　　海客谈瀛洲，烟涛微茫信难求；越人语天姥，云霞明灭或可睹。天姥连天向天横，势拔五岳掩赤城，天台四万八千丈，对此欲倒东南倾。我欲因之梦吴越，一夜飞度镜湖月。湖月照我影，送我到剡溪。谢公宿处今尚在，绿水荡漾清猿啼。脚着谢公屐，身登青云梯。半壁见海日，空中闻天鸡。千岩万转路不定，迷花倚石忽已暝。熊咆龙吟殷岩泉，栗深林兮惊层巅。云青青兮欲雨，水澹澹兮生烟。列缺霹雳，丘峦崩摧。洞天石扉，訇然中开。青冥浩荡不见底，日月照耀金银台。霓为衣兮风为马，云之君兮纷纷而来下。虎鼓瑟兮鸾回车，仙之人兮列如麻。忽魂悸以魄动，恍惊起而长嗟。惟觉时之枕席，失向来之烟霞。世间行乐亦如此，古来万事东流水。别君去兮何时还？且放白鹿青崖间，须行即骑访名山。安能摧眉折腰事权贵，使我不得开心颜！

（此首收入《蔡其矫诗歌回廊·太阳石》）

陌　　上

骑着矫健的骏马踏行在落花的路上，
放下马鞭一直走近垂着布幔的彩车，
美丽的人儿笑着拨开缀着珍珠的箔帘，
远远指着红楼说"那就是我的家"。

附原文：

骏马骄行踏落花，垂鞭直拂五云车。
美人一笑褰珠箔，遥指红楼是妾家。

译杜甫[*]诗

梦 李 白

一

要是死了分手还能忍泪吞声，
唯其生时离别才心怀凄恻。
大江以南原是瘴疠之地，
被放逐的你已很久没有消息。
千里外的故人来到我梦中，
是因为我整日都在对你思忆。
你如陷身在罗网之中，
哪能生就飞到我身旁的双翼？
这次恐怕不是你生时的魂魄吧，
遥远的路程一切都难以预测！

---

* 杜甫，唐代诗人。

当你魂魄来到，我看见江南枫叶青青，

当你魂魄归去，我感到塞外关山昏黑。

西斜的月光洒满屋梁之间，

我疑心它是在照你的容色。

你魂游的地方水深浪阔，

千万小心不要被蛟龙搜得。

二

一举头就能看见浮云整天在运行，

为什么天涯的游子却很久不至！

我一连三夜频频地梦见你，

是因为你对我有深挚的情意。

但走时又是那么匆忙急促，

只说道来看你一趟多么不容易；

长江大湖有无数的风波，

唯恐小船有时也会失坠。

你出门时用手搔着白发，

好像是表示辜负了平生大志。

冠服车盖的新贵们填满京都，

独有经邦济世的你如此憔悴！

谁说时代不会埋没伟大天才，

这样老迈反被无双才气连累。

千秋万载的盛名有什么用，

死了又哪里知道身后的事！

附原文:

一

　　死别已吞声，生别常恻恻。江南瘴疠地，逐客无消息。故人入我梦，明我长相忆。君今在罗网，何以有羽翼？恐非平生魂，路远不可测。魂来枫林青，魂返关塞黑。落月满屋梁，犹疑照颜色。水深波浪阔，无使蛟龙得！

二

　　浮云终日行，游子久不至。三夜频梦君，情亲见君意。告归常局促，苦道来不易。江湖多风波，舟楫恐失坠。出门搔白首，若负平生志。冠盖满京华，斯人独憔悴。孰云网恢恢？将老身反累！千秋万岁名，寂寞身后事。

春 日 江 村

所有的村庄都忙于农作，
所有的河流都春水奔腾。
认识世界要有万里无阻的眼光，
懂得时代要有百年成熟的心。
破陋的茅屋可以写诗长吟，
心爱的理想还能继续探寻。
已经体会过人生的一切艰难，
不怕今后还要在困苦中飘零。

附原文:

农务村村急，春流岸岸深。

乾坤万里眼，时序百年心。

茅屋还堪赋，桃源自可寻。

艰难贱生理，飘泊到如今。

（此二首收入《蔡其矫诗歌回廊·太阳石》）

月　夜

今天夜里鄜州的月亮，

她大约也同我一样在独自观看；

遥想那可怜的小儿女还不省事，

哪能理会和忆念沦陷的长安。

凉秋的夜雾沾湿了她的发鬓，

清冷的月光照得她双臂生寒；

几时才能双双倚在虚空的帐前，

让月光将两地的泪痕擦干！

附原文：

今夜鄜州月，闺中只独看。

遥怜小儿女，未解忆长安。

香雾云鬟湿，清辉玉臂寒。

何时倚虚幌，双照泪痕干。

茅屋为秋风所破歌

八月秋高气爽狂风怒号，

卷走我草堂上的三层茅草。

那茅蓬飞过江落在对岸的郊野，
高的就挂在一片长林的树梢上，
低的则飘转落在洼地的池塘水坑里。
南村一群儿童欺侮我老而无力，
竟敢当面抢走了东西，
毫不在乎地抱着茅草入竹林深处，
让我唇焦口燥地叫喊也无用，
只好回来倚着藜杖独自叹息。

一会儿风住了却乌云满天，
秋天短短的白昼正走向昏黑。
多年未洗的被褥冰冷如铁，
小儿哭闹蹬脚又使它破裂。
床头屋漏连一块干爽地方都没有，
那雨却纷纷如麻一刻也不断绝。
自从天下变乱以来我就少有睡眠，
这整夜被淋湿要到什么时候才天亮呀！

要是能够修建起千万间高楼大厦，
使天下所有的寒苦人都能有笑颜，
不愁风吹雨打安如泰山那该多好！
唉，当真有一天在我眼前忽现这屋，
哪怕我仍住这破房冻死也心甘哪！

附原文：

八月秋高风怒号，

卷我屋上三重茅。

茅飞渡江洒江郊，

高者挂罥长林梢，

下者飘转沉塘坳。

南村群童欺我老无力，

忍能对面为盗贼。

公然抱茅入竹去，

唇焦口燥呼不得，

归来倚杖自叹息。

俄顷风定云墨色，

秋天漠漠向昏黑。

布衾多年冷似铁，

娇儿恶卧踏里裂。

床头屋漏无干处，

雨脚如麻未断绝。

自经丧乱少睡眠，

长夜沾湿何由彻！

安得广厦千万间，

大庇天下寒士俱欢颜！

风雨不动安如山。

呜呼！何时眼前突兀见此屋，

吾庐独破受冻死亦足！

春 望

国都破了但山河尚在，
城里的春天已草木渐深；
感念时事看花也要黯然落泪，
满怀离愁听鸟鸣也会动魄惊心。
春来三月全是烽火相连，
盼望中的家书抵得万两黄金。
愁苦中把白发搔得更加短了，
怕连簪子也快插不成。

附原文：

国破山河在，城春草木深。
感时花溅泪，恨别鸟惊心。
烽火连三月，家书抵万金。
白头搔更短，浑欲不胜簪。

闻官军收河南河北

官军收复失地的消息传到四川，
突然迸涌的泪水沾满了衣裳。
回头看妻室儿女已愁云四散，
正在收拾书卷而欢喜欲狂。
白发的年纪应该放歌纵酒，
有了春光做伴正好还乡。

乘船经巴峡巫峡东下，

再转向襄阳直奔洛阳。

附原文：

剑外忽传收蓟北，初闻涕泪满衣裳。

却看妻子愁何在，漫卷诗书喜欲狂。

白日放歌须纵酒，青春作伴好还乡。

即从巴峡穿巫峡，便下襄阳向洛阳。

剑　器　行

往年有个女子叫公孙大娘，

每逢她舞剑器便惊动四方。

围看的人如重叠的山峰凝立失色，

天地也随着她的舞蹈久久地波动。

那夺目的光芒如后羿射下了九个太阳，

夭矫变化如成群的天神骑着蛟龙在飞翔；

舞到精彩处如一声震怒的雷霆巨响长留，

舞到终场又如凝静的江海反射清光。

如今那红唇和舞袖都已寂静无踪，

晚近还有她的弟子在传播她的芬芳；

临颍的少女来在白帝城中，

表演这清歌妙舞神采飞扬。

在我和她问答里弄清了来龙去脉，

不禁为时事的变迁平添了无限哀伤。

先帝的后宫有侍女八千人，

公孙大娘的剑器舞在当时是第一。

五十年的岁月有如反掌之间那么匆促，

蒙蒙的风尘罩四宇使王室无光！

梨园的弟子也都风流云散，

只剩下这舞女表演在黯淡的日子里。

那招致兵乱的天子已死去多年，

到处依旧是萧瑟荒凉，颠沛流离，

盛筵之后曲停舞散，

乐极生悲地看着明月从东方升起。

我也忘记了路途的方向，

听任这布满厚胝的双脚在荒山颠沛。

附原文：

昔有佳人公孙氏，一舞剑器动四方。

观者如山色沮丧，天地为之久低昂。

耀如羿射九日落，矫如群帝骖龙翔。

来如雷霆收震怒，罢如江海凝清光。

绛唇珠袖两寂寞，晚有弟子传芬芳。

临颖美人在白帝，妙舞此曲神扬扬。

与余问答既有以，感时抚事增惋伤。

先帝侍女八千人，公孙剑器初第一。

五十年间似反掌，风尘澒动昏王室。

梨园弟子散如烟，女乐余姿映寒日。

金粟堆前木已拱，瞿唐石城草萧瑟。

玳筵急管曲复终，乐极哀来月东出。

老夫不知其所往，足茧荒山转愁疾。

登　高

深秋的西风中猿啼声多么凄厉，

澄清秋水和洁白沙滩有鸥鹭在徘徊。

无边的林木正黄叶萧萧飘落，

不尽的长江从西方滚滚而来。

更何况是去家万里，客中悲秋，

又在暮年多病的时候独自登临高台。

这些艰难和苦恨使我鬓发白如霜雪，

因为潦倒近来再未饮那浊酒一杯。

附原文：

风急天高猿啸哀，渚清沙白鸟飞回。

无边落木萧萧下，不尽长江滚滚来。

万里悲秋常作客，百年多病独登台。

艰难苦恨繁霜鬓，潦倒新停浊酒杯。

江上值水如海势聊短述

为人一向孤僻却爱美好的诗句，

语言不惊人就死也不肯罢休。

老了诗篇能随便地寄托一时的情兴，

看到春花春鸟也不必自苦深愁。

新添一爿水槛让我能凭栏垂钓，

也可以把漂浮的木筏代替钓舟。

如何能有赶得上陶、谢的才思，

好同他们一同著述，一同邀游。

附原文：

为人性僻耽佳句，语不惊人死不休。

老去诗篇浑漫与，春来花鸟莫深愁。

新添水槛供垂钓，故着浮槎替入舟。

焉得思如陶谢手，令渠述作与同游。

解　　闷

如今还有什么事物能陶冶我的性灵？

只有时常创作诗歌又不惮修改而自赏自吟。

我已彻底清楚二谢的精髓所在，

也粗略地学会了阴、何写作的刻苦用心。

附原文：

陶冶性灵在底物，新诗改罢自长吟。

孰知二谢将能事，颇学阴何苦用心。

返　　照

落日的余晖返照在东边的山上，

清冷的天空已经有些模糊；

底下的沙滩开始黑暗，

高处的岩壁却还发亮。

芦苇的江岸有如流水，

古树的山庄升起浓雾，

劳动的人们陆续回来，

到处听到呼唤和语声。

附原文：

返照开巫峡，寒空半有无。

已低鱼复暗，不尽白盐孤。

荻岸如秋水，松门似画图。

牛羊识僮仆，既夕应传呼。

雨　晴

天边秋云已经淡薄，

从西方又吹来万里的风，

今早是一片好晴景，

虽是久雨但未妨碍农事。

寒冷中的柳树已绿叶稀疏，

山上的野梨正结着小小的红果。

角号在营中吹起，

一只鸿雁飞入高空。

附原文：

天际［水］秋云薄，从西万里风。

今朝好晴景，久雨不妨农。

寒柳行疏翠，山梨结小红。

胡笳楼上发，一雁入高空。

银　　河

平时总显得有些晦暗，

到了秋天才格外分明。

即使有时浮云掩蔽，

终归能够一夜澄清。

同群星闪动在门楼，

与明月沉落于边城；

牛郎织女年年过，

怎么会有风浪生！

附原文：

常时任显晦，秋至最分明。

纵被微云掩，终能永夜清。

含星动双阙，伴月照边城。

牛女年年渡，何曾风浪生。

吹　　笛

吹笛在秋天的郊野正当月白风清，

是谁谱出这使人黯然悲伤的乐声，

那风飘送的长调婉转起伏，

那月照的江山一片寂静。
想起夜半侵略者正在海上横行，
想起兄弟之邦的南方正在战争，
虽然祖国的艰难已成过去，
但是忧愁又不禁从心中暗生。

附原文：

吹笛秋山风月清，谁家巧作断肠声。
风飘律吕相和切，月傍关山几处明。
胡骑中宵堪北走，武陵一曲想南征。
故园杨柳今摇落，何得愁中却尽生。

孤　　雁

孤独的雁是再也不肯啄食的了，
它且飞且叫地怀念它的同群，
谁又会可怜它形象孤单呢，
失散以来它们已相隔万重的云！
我望着它消失天边却又像是还看得见，
因为哀伤满怀的缘故又像是听到声音。
最讨厌的是那野地的乌鸦，
无时无刻不在胡叫乱鸣！

附原文：

孤雁不饮啄，飞鸣声念群。
谁怜一片影，相失万重云？
望尽似犹见，哀多如更闻。

野鸦无意绪，鸣噪自纷纷。

野　　望

在凄凉的秋天瞭望无边的旷野，
只见遥远的地方起着层层阴云。
那与天同样清净的是光明的水，
那隐蔽在薄雾深处的是荒芜的城。
树叶已经稀少了但风还是要把它吹落，
山路还很遥远太阳却又在往下沉。
孤独的鹤这么晚了还不回去，
黄昏中的归鸦已宿满了树林。

附原文：

清秋望不极，迢递起曾阴。
远水兼天净，孤城隐雾深。
叶稀风更落，山迥日初沉。
独鹤归何晚，昏鸦已满林。

春 夜 喜 雨

好雨是知道节令的，
春天一到它就来临；
它随风潜行在夜里，
它润物细微近无声。
这时山路和云块全发黑，

只有江中几点渔火明；

天亮看那红湿的远处，

无数的鲜花开满城。

附原文：

好雨知时节，当春乃发生。

随风潜入夜，润物细无声。

野径云俱黑，江船火独明。

晓看红湿处，花重锦官城。

鹦　　鹉

目含愁思的鹦鹉啊！

你也会记忆那别离吗？

你胸前的绿毛已经旧了，

能言语的红嘴有什么用呢？

再也不会有开笼的日子了，

你白白地想念从前的树枝！

人们爱你可又损害你，

美丽的羽毛对你没有一点好处。

附原文：

鹦鹉含愁思，聪明忆别离。

翠衿浑短尽，红觜漫多知。

未有开笼日，空残宿旧枝。

世人怜复损，何用羽毛奇。

译钱起[*]诗

湘 灵 鼓 瑟

鼓瑟最好的究竟是谁？
常听说是帝尧的美丽女郎。
让荒淫的河伯空自欢喜吧，
多情的屈原却不忍欣赏。
那高尚的格调如铁石铿锵，
那清新的音韵发自天然，
那来自高峰的悲伤的爱情之歌，
有如白莲花播送迷人芬芳，
它同流水一起缠绕湘江两岸，
它同悲风做伴走过洞庭的波浪；
乐曲结束了还是看不到人，
只见几座青山静立江上。

---

* 钱起，唐代诗人。

附原文：

> 善鼓云和瑟，常闻帝子灵。冯夷空自舞，楚客不堪听。
> 苦调凄金石，清音入杳冥。苍梧来怨慕，白芷动芳馨。
> 流水传湘浦，悲风过洞庭。曲终人不见，江上数峰青。

春　郊

结冰的河道已渐渐有流水的声音，
如烟笼罩的融化的水气近来也更显明，
东风从来都爱做春天的使者，
遇见花遇见草就告诉它什么事正在发生。

附原文：

> 水绕冰渠渐有声，气融烟坞晚来明。
> 东风好作阳和使，逢花蓬草报发生。

（此二首收入《蔡其矫诗歌回廊·太阳石》）

译卢纶*诗

开府席上赋得佳人名解愁

　　"不敢苦劝你留下来，

　　因为明知自己不自由。"

　　微微皱起眉头正要说话，

　　收敛起笑容又低下了头。

　　曼舞的姿态兼有残留的醉意，

　　歌唱声中好像带着娇羞。

　　今天即使已经见到你，

　　只是还不能够除我的忧愁。

附原文：

　　不敢苦相留，明知不自由。

　　颦眉乍欲语，敛笑又低头。

　　舞态兼些醉，歌声似带羞。

　　今朝总见也，只不解人愁。

---

　　* 卢纶，唐代诗人。

译戎昱[*]诗

秋　　月

秋天的月色胜过春天，
万里无云的高空是那么寂静，
也许是有寒霜在悄悄铺陈，
也许是有梦魂在暗暗飞升。

附原文：

秋宵月色胜春宵，万里天涯静寂寥。
近来数夜飞霜重，只畏婆娑树叶凋。

---

* 戎昱，唐代诗人。

译韩愈[*]诗

春 雪

虽然二月初就发现有草芽，
但过年以来还没看到鲜花，
白雪也同我一样嫌春色晚，
所有穿树过庭在撒播飞花。

附原文：

新年都未有芳华，二月初惊见草芽。
白雪却嫌春色晚，故穿庭树作飞花。

---

* 韩愈，唐代诗人。

译长孙佐辅*诗

河 边 枯 木

野火烧尽枝条，河水又在洗刷树根，

周围已经枯朽了，中间只剩一点树心，

应该是没有生机再来承受雨露了，

只好将春天的绿色寄托给苔痕。

附原文：

野火烧枝水洗根，数围孤树半心存。

应是无机承雨露，却将春色寄苔痕。

---

* 长孙佐辅，唐代诗人。

译李贺*诗

感　讽

作为坟场的南山是多么凄凉，
又正当细雨洒落在枯草上。
这时秋天夜半的长安城，
在秋风面前人也容易老呀！
朦胧黄昏中幽暗的小路，
两边的青栎树在摇动着，
雨后月亮当空照出团团树影
更衬出遍山月色的惨白。
这时鬼火照着幽暗的墓地，
好像旧鬼掌灯在迎接新鬼。

———————————

*　李贺，唐代诗人。

附原文：

> 南山何其悲？鬼雨洒空草。
>
> 长安夜半秋，风前几人老。
>
> 低迷黄昏径，袅袅青栎道。
>
> 月午树立影，一山惟白晓。
>
> 漆炬迎新人，幽圹萤扰扰。

绿 章 封 事

穿道士青霓之服叩头呼唤天宫的神，

守宫的鸿龙玉狗打开天上的门；

看见了石榴花盛开于整条溪津，

溪女在水中洗花，染红片片白云。

写在绿纸上的醮书奏闻天帝，

长安六街马蹄杂踏无人管束；

酷暑天气闷热得令人不堪，

短衣小冠的人已纷纷毙命。

富贵人家对死者千百遍呼唤招魂，

像扬雄的寒士穷家却冷落凄凉，

我愿带着汉戟为这些书鬼超度，

不让他们的恨骨长埋在荒草中。

附原文：

> 青霓扣额呼宫神，鸿龙玉狗开天门。
>
> 石榴花发满溪津，溪女洗花染白云。
>
> 绿章封事诟元父，六街马蹄浩无主。

虚空风气不清冷，短衣小冠作尘土。

金家香弄千轮鸣，扬雄秋室无俗声。

愿携汉戟招书鬼，休令恨骨填蒿里。

（此二首收入《蔡其矫诗歌回廊·太阳石》）

译　文

译许浑[*]诗

秋　夜　玩　月^{**}

坐望着中秋正圆的月亮，
广阔的庭院无树又无烟；
不要怕通宵殷勤地看望，
一坠西山又要等待来年。

附原文：

待月东林月正圆，广庭无树草无烟。
中秋云尽出沧海，半夜露寒当碧天。
轮彩渐移金殿外，镜光犹挂玉楼前。
莫辞达曙殷勤望，一堕西岩又隔年。

---

* 　许浑，唐代诗人。
** 只译了原诗部分内容。

译白敏中[*]诗

桃　　花

千朵万朵满树浓艳的花，
重重叠叠使人误以为是红霞，
你应该不厌倦地在风中细看，
最能代表春天的还是它。

附原文：

千朵浓芳倚树斜，一枝枝缀乱云霞。
凭君莫厌临风看，占断春光是此花。

※　白敏中，唐代诗人。

译舒元舆[*]诗

风 不 鸣 条[**]

悄悄地吹开含露的花朵，

艳艳地转动细缕的烟条，

林间的黄莺自由自在地鸣啭，

花下的蝴蝶无拘无束地飘摇，

密叶应和着它在无声潜，

高枝跟随着它微微弯腰，

虽也偃伏傍岸的草，

却又扶起出水的苗。

附原文：

五纬起祥飙，无声瑞圣朝。稍开含露蕊，才转惹烟条。

密叶应潜变，低枝几暗摇。林间莺欲啭，花下蝶微飘。

初满沿堤草，因生逐水苗。太平无一事，天外奏虞韶。

---

[*]　舒元舆，唐代诗人。

[**]　只译了原诗部分内容。

译贾谟[*]诗

赋得芙蓉出水^{**}

绿水照耀红花光明灿烂，
摇动在风中展开层层细浪，
不与春天的百花相竞争，
勇敢地迎接夏天的热太阳。

附原文：

的皪舒芳艳，红姿映绿蘋。
摇风开细浪，出沼媚清晨。
翻影初迎日，流香暗袭人。
独披千叶浅，不竞百花春。
鱼戏参差劲，龟游次第新。
涉江如可采，从此免迷津。

---

* 贾谟，唐代诗人。
** 只译了原诗部分内容。

译杜牧*诗赋

阿　房　宫　赋

六国灭亡，四海统一。蜀山的树木砍伐净尽，阿房宫才巍然站立。覆盖地面三百余里，高耸与天日相接。从骊山北面开始构造，曲折向西直达到咸阳。渭川和樊川的无穷滔滔，一起流入宫墙。五步一座楼，十步一个阁。走廊张挂丝绸的帐幔，房檐高耸如禽兽对啄；各个建筑凭借不平的地势，相互间好像是在钩心斗角。回旋曲折，重重叠叠，密如蜂房的天井，不知有几千万的流水瓦沟。长桥横队波上，没有云怎么有这些龙？复道架在空中，不是雨后晴天为什么会有彩虹？高低真叫人迷惑，也分辨不出西和东。唱歌台上温暖的声响，如春光般融和；跳舞殿中凄冷的舞袖，如刮风下雨般清凉。一天时间内，同在一个宫殿里，而气候竟然会这样变化无穷。

---

*　杜牧，唐代诗人。

那些后妃和宫女，原是王侯的女儿和孙女，告别六国的楼阁宫殿，乘车来到秦。早晨唱歌晚上奏乐，成为秦始皇的宫人。灿烂若星光万点，那是宫人们打开梳妆镜；滚滚如黛绿的云，那是她们早晨在梳头；渭水涨起油腻的浊流，那是她们泼下洗掉的脂粉；一团团的烟雾横斜，那是她们在焚烧香料；雷霆忽然惊起，那是她们坐着宫车经过，那车声越响越远，最后不知道到哪里去了。每一个宫人，尽量把自己打扮得美丽动人，老远地伫立在那里注视，希望得到皇帝的宠幸。但是秦始皇在位三十六年，没有幸运见他一面的大有人在。

燕、赵所收藏奇珍，韩、魏所经营的宝物，齐、楚所持有的精华物品，都是这些国家的统治者在多少年代中，从人民手中掠夺，堆积如山；一旦不能再占有了，都被运到这里来，宝鼎像饭锅，美玉当石头，黄金像土块，珍珠如砂砾，沿路抛弃，秦国统治者看着，也不甚爱惜。

这真令人为之叹息啊！一个人的心，也就是千万人的心呀！秦国统治者喜爱豪华奢侈，广大人民群众也各自惦念自己的家，为什么在掠夺的时候一点都不遗漏，而使用的时候却当作泥沙？浪费人力财力使阿房宫负荷大殿的柱子，多于在田地里耕作的农夫；架在梁上的椽子，多于坐在织机上的女工；那些高出的钉头，多于仓里的谷粒；那些参差的瓦缝，多于人民身上的丝缕；直的栏杆和横的门槛，多于天下的所有城郭；竹管丝弦的呕哑之声，多于市集上人声的喧哗。使普天之下的人，口里不敢说而心里怒火燃烧。秦始皇这个独夫之心，也就一天比一天更加骄奢顽固。陈胜、吴广一声喊叫，刘邦率兵入函谷关，项羽放起一把火，可怜的阿房宫化成一片焦土！

啊！灭六国的是六国本身，并非秦始皇！毁秦国的是秦国自己，并非天下人民。真叫人叹息呀！假使六国的统治者都能爱惜自己的人民，那就能够抵抗秦人。假使秦国又能够体恤六国的人民，那就可以继续三世，以至万世为天下的至尊，谁还能够灭亡它呢？秦国的统治者来不及自己哀叹，后来的统治者却能够哀叹他；但是如果后来的统治者只能哀叹而不拿它当作镜子引以为戒，那又要使更后来的统治者哀叹后来的统治者了！

附原文：

六王毕，四海一；蜀山兀，阿房出。覆压三百余里，隔离天日。骊山北构而西折，直走咸阳。二川溶溶，流入宫墙。五步一楼，十步一阁；廊腰缦回，檐牙高啄；各抱地势，钩心斗角。盘盘焉，囷囷焉，蜂房水涡，蠢不知乎几千万落。长桥卧波，未云何龙？复道行空，不霁何虹？高低冥迷，不知西东。歌台暖响，春光融融；舞殿冷袖，风雨凄凄。一日之内，一宫之间，而气候不齐。

妃嫔媵嫱，王子皇孙，辞楼下殿，辇来于秦，朝歌夜弦，为秦宫人。明星荧荧，开妆镜也；绿云扰扰，梳晓鬟也；渭流涨腻，弃脂水也；烟斜雾横，焚椒兰也。雷霆乍惊，宫车过也；辘辘远听，杳不知其所之也。一肌一容，尽态极妍，缦立远视，而望幸焉。有不得见者，三十六年。

燕、赵之收藏，韩、魏之经营，齐、楚之精英，几世几年，摽掠其人，倚叠如山。一旦不能有，输来其间。鼎铛玉石，金块珠砾，弃掷逦迤，秦人视之，亦不甚惜。

嗟乎！一人之心，千万人之心也。秦爱纷奢，人亦念其家；奈何取之尽锱铢，用之如泥沙？使负栋之柱，多于南亩之农夫；架梁之椽，多于机上之工女；钉头磷磷，多于在庾之粟粒；瓦缝参差，多于周身之帛缕；直栏横槛，多于九土之城郭；管弦呕哑，多于市人之言语。使天下之人，不敢言而敢怒；独夫之心，日益骄固。戍卒叫，函谷举；楚人一炬，可怜焦土！

呜呼！灭六国者，六国也，非秦也。族秦者，秦也，非天下也。嗟乎！使六国各爱其人，则足以拒秦；使秦复爱六国之人，则递三世可至万世而为君，谁得而族灭也？秦人不暇自哀，而后人哀之；后人哀之而不鉴之，亦使后人而复哀后人也。

边上胡笳

黄昏时候不知什么地方吹起了胡笳，
只见长城的上空飞鸟消失在烽烟后面，
旅客听到它头发都会变白，
苏武怎么能忍耐了十九年？

附原文：

何处吹笳薄暮天，塞垣高鸟没狼烟。
游人一听头堪白，苏武争禁十九年。

鹭

成群地在照见影子的溪水中捕鱼，
雪一般的羽毛青玉一般的嘴，

受惊而突然飞向被映白了的远山，
好像一树梨花遇到晚风的袭击。

附原文：

雪衣雪发青玉嘴，群捕鱼儿溪影中。
惊飞远映碧山去，一树梨花落晚风。

题　赠

美好皎洁正在十三岁上的年纪，
好像那二月初旬嫩穗上面的豆蔻红蕊，
春风浩荡的十里扬州路上，
所有卷起珠帘的人看来都不如你。

附原文：

娉娉袅袅十三余，豆蔻梢头二月初。
春风十里扬州路，卷上珠帘总不如。

赠　别

多情的人儿却好像经常是无情，
只觉得面对面时总是欢笑不成；
你看那蜡烛还有心叹息即将到来的别离，
替我垂泪直到今天早晨。

附原文：

多情却似总无情，唯觉樽前笑不成。
蜡烛有心还惜别，替人垂泪到天明。

译李群玉*诗

杜丞相筵上

你的长裙拖动湘江的碧水，
你的柔发飘扬巫山的绿云，
这样的容貌和体态只应天上才有，
那美妙的歌声岂是人间所能闻？
灯光斜照下胸前铺着白雪，
半醉以后眼底开放桃花；
司马相如若不是诗歌的能手，
怎能轻易地让他见到卓文君？

附原文：

裙拖六幅湘江水，鬓耸巫山一段云。
风格只应天上有，歌声岂合世间闻。
胸前瑞雪灯斜照，眼底桃花酒半醺。
不是相如怜赋客，争教容易见文君。

———————————

　*　李群玉，唐代诗人。

译温庭筠[*]诗

牡　　丹[**]

水光照耀的晴日太阳在重叠的波浪上面，
春天的风光分给它的数量最多，
将开的时候好像带着笑脸，
怒放以后如同听到唱歌。

附原文：

水漾晴红压叠波，登来金粉覆庭莎。
裁诚艳思偏应巧，分得春光最数多。
欲绽似含双靥笑，华堂客散帘垂地，
想凭阑干敛翠蛾。正繁疑有一声歌。

---

[*]　温庭筠，唐代诗人。
[**]　只译了原作部分内容。

译李商隐*诗

锦　瑟

锦瑟为什么偏偏要有五十根弦？

每一丝每一柱都引我思忆花一般的当年！

河南的庄周在早上梦见他变成了蝴蝶，

四川的望帝把无限的伤心付托给杜鹃，

广东海上的明月照见礁石上的眼泪，

陕西原野的晴日射不透惨淡的云烟；

那些情景如果还再现在记忆中，

当时的人和事却已无法回还！

附原文：

锦瑟无端五十弦，一弦一柱思华年。

庄生晓梦迷蝴蝶，望帝春心托杜鹃。

沧海月明珠有泪，蓝田日暖玉生烟。

此情可待成追忆，只是当时已惘然。

＊ 李商隐，唐代诗人。

碧城三首之一

你居住的地方有十二曲折的栏杆，

你晶莹的手垂栏杆上如白玉那样柔暖。

你居住的地方有无数藏书和悠闲的鹤，

那山上的树都栖息好鸟时时鸣唱。

你居住的地方透过窗户能看星沉大海，

阵雨过后能见远方河流如在身边。

若这世界能和平安定而且各事如愿，

我要一生长对你这月亮般的人在那高旷地方。

附原文：

> 碧城十二曲阑干，犀辟尘埃玉辟寒。
>
> 阆苑有书多附鹤，女床无树不栖鸾。
>
> 星沉海底当窗见，雨过河源隔座看。
>
> 若是晓珠明又定，一生长对水晶盘。

听雨后梦作

最初梦见百宝所聚的龙宫光焰燃烧，

明亮华丽的云霞布满清朗的天宇，

而后因自己喝醉倚靠海中仙树，

觉得有个仙人用手拍肩向我招呼。

一会儿又听远方有谁在吹细管，

只闻声不见人因中间隔迷蒙飞动的烟雾。

然后又觉得一阵细雨在头上经过，

那雨声像打在湘江女神弦瑟上那样动听。

忽然又看见河神一脸的惆怅在张望着，

因为沧海变桑田后鲛女不再出卖丝绸。

同时又遇见华阴山女神也百无聊赖，

因为巨人首领已把她的莲花峰擎走。

梦境忽明忽暗毫无头绪，

迷蒙之中它时断时续，

醒来之后只听见满阶的雨声，

我独自一人背着寒灯枕手而眠。

附原文：

> 初梦龙宫宝焰然，瑞霞明丽满晴天。
>
> 旋成醉倚蓬莱树，有个仙人拍我肩。
>
> 少顷远闻吹细管，闻声不见隔飞烟。
>
> 逡巡又过潇湘雨，雨打湘灵五十弦。
>
> 瞥见冯夷殊怅望，鲛绡休卖海为田。
>
> 亦逢毛女无憀极，龙伯擎将华岳莲。
>
> 恍惚无倪明又暗，低迷不已断还连。
>
> 觉来正是平阶面，独背寒灯枕手眠。

（此三首收入《蔡其矫诗歌回廊·太阳石》）

柳

柳树倒映在江水中是多么有情啊！

一再使旅居异乡的人入望心惊；

四川的雷声隐隐响动在千山之外，

仿佛就是长安街上贵官显要的马蹄声。

附原文：

柳映江潭底有情，望中频遣客心惊。

巴雷隐隐千山外，更作章台走马声。

无　　题

到现在我还记得昨夜的星辰和昨夜的风，

是怎样闪烁吹动在画楼西边桂堂之东。

虽然我没有能飞到你身边的鸟儿一双翅膀，

但心中有如灵异的犀角中间的白线和你那头相通。

记得昨夜你我作藏钩之戏时行的酒如春天那般温暖，

在复器之下放物猜射时燃烧蜡烛的灯如朝霞般红。

可叹的是我听见早晨的鼓声就要上朝去，

无精打采地走马上去客厅有如秋天荒野的转蓬。

附原文：

昨夜星辰昨夜风，画楼西畔桂堂东。

身无彩凤双飞翼，心有灵犀一点通。

隔座送钩春酒暖，分曹射覆蜡灯红。

嗟余听鼓应官去，走马兰台类转蓬。

流　莺

到处飞翔的黄莺参差飘荡，
穿过渡口飞到江中不能掌握自己，
它的巧啼婉转怎能没有自己的本愿，
但佳期难逢也无可奈何！
在千门万户的开闭之时啼唱，
人们都不忍听它那伤春的叫声，
在京城里我没有一个知心的人。

附原文：

流莺漂荡复参差，渡陌临流不自持。
巧啭岂能无本意，良辰未必有佳期。
风朝露夜阴晴里，万户千门开闭时。
曾苦伤春不忍听，凤城何处有花枝。

银 河 吹 笙

无可奈何地看着她在银河上吹笙，
心痛那样高的地方必定是非常寒冷，
这是多年前即已中断了的梦，
昨夜里又仿佛看见亲爱的人。
因为雨的缘故间先留下的衣香在那相会的亭榭，
隔着清冷的霜花望见烧残的蜡烛在风帘后照耀，
不需要想望飞上天去，
思念的乐声已晓得我的心情。

附原文：

> 怅望银河吹玉笙，楼寒院冷接平明。
>
> 重衾幽梦他年断，别树羁雌昨夜惊。
>
> 月榭故香因雨发，风帘残烛隔霜清。
>
> 不须浪作缑山意，湘瑟秦箫自有情。

细 雨

在岸边飘洒不断，

在亭外淅沥不停；

凉爽的气息最先摇动竹林，

细细的点滴不能散开浮萍。

当它急促时有高飞的燕，

当它稀疏时有闪烁的萤；

轻淡的云烟弥漫草上，

景色比任何时候都更清新。

附原文：

> 萧洒傍回汀，依微过短亭。气凉先动竹，点细未开萍。
>
> 稍促高高燕，微疏的的萤。故园烟草色，仍近五门青。

译皮日休[*]诗

重 题 蔷 薇

鲜艳有如早晨海上的霞光，
轻盈有如燕子要飞上高空，
可惜纤细美丽的花朵经不起太阳，
晒得深红变成了浅红。

附原文：

浓似猩猩初染素，轻如燕燕欲凌空。
可怜细丽难胜日，照得深红作浅红。

---

* 皮日休，唐代诗人。

译僧贯休*诗

莺**

已经整年了没有听见你的好声音，
暖风一吹你又鸣啭在树林，
早晨你来枝上说了千般的话，
该是向桃花诉出旧日的感情。

附原文：

何处经年绝好音，暖风吹出啭乔林。
羽毛新刷陶潜菊，喉舌初调叔夜琴。
藏雨并栖红杏密，避人双入绿杨深。
晓来枝上千般语，应共桃花说旧心。

---

*　僧贯休，唐代诗人。
**　只译了原诗部分内容。

译罗邺[*]诗

流　　水^{**}

人们不要老是为落花惋惜，
花落了晚年仍然照旧开，
最可悲的却是那流水，
同人事一般它去了便不再回来！

附原文：

人间莫谩惜花落，花落明年依旧开。
却最堪悲是流水，便同人事去无回。
龙跃虬蟠旋作潭，绕红溅绿下东南。
春风散入侯家去，漱齿花前酒半酣。

---

* 罗邺，唐代诗人。
** 只译了原诗部分内容。

译项斯*诗

病　鹤

虽也有意再上青天，可力量还很衰微，
想不到能在这里得暂时休息。
难道翅膀已经对风雨感到疲倦？
难道不劳而获的三餐你已满意？
曾遨游过碧空的心呀正在怀念旧时的伴侣，
怎能够看见一池清泉就不肯再飞！
让雷电在上面再咆哮得更厉害些吧，
生命在飞升中被击毙也在所不惜！

附原文：

青云有意力犹微，岂料低回得所依。
幸念翅因风雨困，岂教身陷稻粱肥。
曾游碧落宁无侣，见有清池不忍飞。
纵使他年引仙驾，主人恩在亦应归。

---

* 项斯，唐代诗人。

译韦庄[*]诗

独　　鹤

在夕阳照亮的沙滩上独自徘徊，
在摇动红蓼的风前把雪白的翅膀张开，
大概不知道哪里是最适宜于栖宿的地方，
所以多少次它总是飞了去又飞回来！

附原文：

夕阳滩上立裴回，红蓼风前雪翅开。
应为不知栖宿处，几回飞去又飞来。

稻　　田

绿色的波浪在春天掩盖了整个田野，

无边无际的稻禾一直连接到远方的云霞，
还有成群的鹭鸶像片片飞雪，
冲破轻烟进入这迷人的图画。

附原文：

绿波春浪满前陂，极目连云䆉稏肥。
更被鹭鸶千点雪，破烟来入画屏飞。

出　关

马在如烟的岸上嘶叫时柳荫已经斜了，
回头看看走过的关山道路已经远了，
想起我到处流浪是因为好饮酒，
想起我一生沦落是为了爱看花。
危难的时候应该身无牵挂，
凄凉的日子最好出门在外，
正是春天绿草满江岸时，
失意的人呀你为什么独自离家？

附原文：

马嘶烟岸柳阴斜，东去关山路转赊。
到处因循缘嗜酒，一生惆怅为判花。
危时只合身无著，白日那堪事有涯。
正是灞陵春酬绿，仲宣何事独辞家。

译司空图*《诗品》（自由体）

雄　　浑

伟大作品具有丰姿多彩的形式，

其中充满真实具体的生活内容；

复归自然能进入艺术的完全，

刻苦学习才能写出雄伟的篇章。

胸中接受世间万物而无不足，

于是产生横跨太空的高大形象，

有如滚滚而来的浓重的云，

有如鼓荡不息的旷野的风。

超越那可以看见的外部形状，

去掌握本质在那核心之中；

不在勉强矫饰中枉费功夫，

---

* 司空图，唐代诗人。

方能像泉源那样涌现无穷。

附原文：

> 大用外腓，真体内充。反虚入浑，积健为雄。
>
> 具备万物，横绝太空。荒荒油云，寥寥长风。
>
> 超以象外，得其环中。持之非强，来之无穷。

冲　　淡

平时处在宁静中单纯朴素，

一旦灵感被激发便微妙辉煌；

啜饮人生一切醇美的源泉，

乃与孤独的鹤一同飞翔高空。

温柔有如飘起衣袖的春日微风，

使你全身都感到舒适清爽；

或似飒飒响动的高高绿竹，

于无意中得到渴望已久的最美乐章。

偶然遇见似乎容易接近，

有意追寻却又消匿无踪——

即使有时好像达到形似，

转眼之间已违背了本来愿望。

附原文：

> 素处以默，妙机其微。饮之太和，独鹤与飞。
>
> 犹之惠风，荏苒在衣。阅音修篁，美日载归。
>
> 遇之匪深，即之愈希。脱有形似，握手已违。

纤 秾

闪闪发光的流水的波纹，
生命蓬勃的无边的春景，
在寂静秀丽的山谷深处，
常能遇见倾心的美好的人。
这时开满红花的春天桃树，
在晴日和风吹抚下的河滨；
而蜿蜒小路的浓绿柳荫，
成双的黄莺发出缠绵歌声。
紧紧抓住这情绪向前发展，
想象便越来越觉得清晰鲜明；
如能保持这境界使之永无穷尽，
就永远在创造中获得万古常新。

附原文：

采采流水，蓬蓬远春。窈窕深谷，时见美人。
碧桃满树，风日水滨。柳阴路曲，流莺比邻。
乘之愈往，识之愈真。如将不尽，与古为新。

沉 着

绿色树林前面一座乡村茅屋，
傍晚日落时大气格外清新，
我自由自在独自向山野漫步，

倾听林中传来断续的鸟声。

虽然没有大雁带着音信来到，

远行朋友的踪迹已很渺茫，

但在思念中他仿佛就在眼前，

好像还是过去不久的模样。

海上吹来的风卷动蓝天的云，

一轮明月高悬在夜雾笼罩的沙滩，

我好像听到你亲切的语声，

就如大河横过我的面前。

附原文：

绿林野屋，落日气清。脱巾独步，时闻鸟声。

鸿雁不来，之子远行。所思不远，若为平生。

海风碧云，夜渚月明。如有佳语，大河前横。

高　　古

如不死的仙人来自净洁的高空，

有芬芳的莲花擎在他们手中，

已是通过灭亡而达到永生，

向不留踪迹的空间自由飞翔。

那月亮越过东方的斗星在运行，

有如被温和的风吹送而上升，

从蓝色夜空笼罩下的华山上，

人们听见传来了清亮钟声。

使自己站在心灵的纯洁的高处，

敢于彻底破坏人为的一切限制，

如同黄帝唐尧那样远离现在，

为了伟大的神秘而不辞孤独。

附原文：

畸人乘真，手把芙蓉。汎彼浩劫，窅然空踪。

月出东斗，好风相从。太华夜碧，人闻清钟。

虚伫神素，脱然畦封。黄唐在独，落落玄宗。

典　雅

有一把能带来春天的玉石雕成的酒壶，

有一座可欣赏雨景的茅草做顶的小屋，

其中坐满一群有识之士，

左右环绕着高高的绿竹。

当雨后的白云在缓慢地铺展，

当成对的飞鸟在深沉的寂静中追逐，

他枕着琴在那绿荫下睡眠，

头顶一道飞流的瀑布轰然降落。

当花瓣无声无息地飘坠，

那人清淡有如秋天的菊，

于是把当时的好景写下来，

这就有了好诗可供阅读。

附原文：

玉壶买春，赏雨茆屋。坐中佳士，左右修竹。

白云初晴，幽鸟相逐。眠琴绿阴，上有飞瀑。

落花无言，人淡如菊。书之岁华，其曰可读。

洗　　炼

有如开采金矿，

或从铅矿提炼出白银，

要使你的全部心灵变得纯净，

必经专注劳作把原有的糟粕扬弃。

有如春水倾泻入透明的深潭，

有如真实映现在不受尘翳的镜子，

一个纯洁而无瑕疵的作者，

能够飞乘明月去取得真知。

眼睛望着前面灿烂的星辰，

心中唱着遗世绝俗的人，

今天作品能晶莹如同流水，

是因为它曾吸取明月的光辉。

附原文：

如矿出金，如铅出银。超心炼冶，绝爱缁磷。

空潭泻春，古镜照神。体素储洁，乘月返真。

载瞻星气，载歌幽人。流水今日，明月前身。

劲　　健

让精神的翅膀飞向无边空旷，

蓬勃的生命有如高悬的霓虹，

越过阴森可怕的万丈巫峡，

迅速如云块连巨风一起飞翔。

因为饱饮真理而获得强大力量，

积蓄了单纯朴素在你胸中，

所以能像宇宙那样精力饱满，

并以此保存你的能力自始至终。

既与天地万物一同呼吸，

又和不可思议的变化一同工作，

把目标牢固地放在现实上面，

有限的存在能够驾驭物质无穷。

附原文：

行神如空，行气如虹。巫峡千寻，走云连风。

饮真茹强，蓄素守中。喻彼行健，是谓存雄。

天地与立，神化攸同。期之以实，御之以终。

绮　　丽

精神中本就具有高贵的品质，

自然能小看那些灿烂的黄金；

颜色涂抹太浓一定使人生厌，

轻淡的遮荫更显出景物的幽深。

有如薄雾中露出的初晴水滨，

有如艳红的杏花开放在密林，

有如月光笼罩的华丽楼屋，

有如彩画的桥覆盖着绿荫。

就是金杯也要为绿酒装满，

然后才好为客人放歌抚琴；

取用一切而不求十足，

就可以使心感尽美的欢欣。

附原文：

神存富贵，始轻黄金。浓尽必枯，淡者屡深。

雾余水畔，红杏在林。月明华屋，画桥碧阴。

金樽酒满，伴客弹琴。取之不足，良殚美襟。

自　　然

随手拿出你本来就有的东西，

不必求取他人的恩赐，

向着合理的道路坦然走去，

刚一接触便带来春天的消息。

简单得如花到时候开放，

或岁月到时候便能更替，

真正获得的不会被夺走，

强取的便一定会容易丧失。

有如流放者在寂寞的山居，

雨后去采集新生的野菜，

你可能在随意指点的地方。

省悟到一切创造都欢快无比。

附原文：

俯拾即是，不取诸邻。俱道适往，著手成春。

如逢花开，如瞻岁新。真与不夺，强得易贫。

幽人空山，过雨采苹。薄言情悟，悠悠天钧。

含　　蓄

在字面上不露一丝痕迹，

却已完全显示出事物的精神，

出语似乎没有牵涉到苦难，

而读来却有难忍的忧虑。

是因为有真实主宰心中，

便引导我们去同它漂流，

好像酒在杯中起泡将溢，

好像花要开放又被收住。

广阔的天空布满微尘，

浩瀚的大海浮动浪沫，

它们聚散流动虽有万数，

收入笔端的只需想象中的一粒。

附原文：

不着一字，尽得风流，语不涉己[①]，若不堪忧。

是有真宰，与之沉浮。如渌满酒，花时返秋。

悠悠空尘，忽忽海沤。浅深聚散，万取一收。

①　《全唐诗》中"己"作"难"。

豪　放

敢于在禁宫的所在观赏百花，
毫无芥蒂的胸中呼吸全部宇宙；
他的精神建立在真理的基础上，
便能在任何地方都不受拘束。
有如从天飘落的呼啸的风，
有如青苍朦胧的海上山峰，
具备真实的力量灌注在内部，
一切造物都供他随意使用。
他招呼太阳月亮和星辰，
他指挥万鸟之王的凤凰，
在黎明中驾驶负载大地的神龟，
他洗足在太阳升起的海流中。

附原文：

观花匪禁，吞吐大荒。由道反气，处得以狂。
天风浪浪，海山苍苍。真力弥满，万象在旁。
前招三辰，后引凤凰。晓策六鳌，濯足扶桑。

精　神

想要收敛是收敛不尽的，
它已在共同的愿望中表现出来，
有如透明的水清澈见底，

有如奇异的花开始结胎。

管它什么能言鹦鹉正在青春，

管它什么池阁楼台遍植杨柳，

退居深山的人飘然而来，

高举满樽的清酒抒情咏怀！

让充沛的生气透出纸上，

不带丝毫的死火寒灰，

美妙的创作来于自然，

看谁能对它随便剪裁？

附原文：

欲返不尽，相期与来。明漪绝底，奇花初胎。

青春鹦鹉，杨柳楼台。碧山人来，清酒深杯。

生气远出，不着死灰。妙造自然，伊谁与裁。

缜　　密

明明有真实的痕迹可以追寻，

却又似乎是在我们的知觉之外，

心中的形象呼之欲出，

即使造化也没有那样神奇。

水在流动，花在开放，

清晨的露珠还未被太阳晒干，

必由之路即使还很遥远，

仍须踏着轻盈的脚步前进不止。

语言千万不可烦琐，

思想千万不可呆痴，
应该像春天原野那样遍地皆绿，
应该像明月照积雪那样一片清辉。

附原文：

是有真迹，如不可知。意象欲出，造化已奇。
水流花开，清露未晞。要路愈远，幽行为迟。
语不欲犯，思不欲痴。犹春与绿，明月雪时。

疏　　野

随着你的天性泰然自若，
不受束缚地去掌握真理，
享有万物而自感富足，
以真诚坦率来要求一切。
造一栋茅屋在松树之下，
无所羁绊地看你的诗，
只知黎明和黄昏的更换，
而忘记今世究竟是何世。
倘若这样的幸福合你的意，
又为什么一定要有所作为？
在这种放浪形骸的生活中，
能得到你所追求的目的。

附原文：

惟性所宅，真取弗羁。控物自富，与率为期。
筑室松下，脱帽看诗。但知旦暮，不辨何时。

倘然适意，岂必有为。若其天放，如是得之。

清　　奇

年轻秀丽的连绵松林，

下面有泛着涟漪的清清流水，

耀眼的晴雪盖满沙滩，

对岸停泊着打鱼的小船。

伴着如玉般皎洁的意中人，

穿木屐去寻幽探胜，

时常停下来抬头观望，

蓝色的天空无限悠远。

让遐思驰向异乡和古代，

虚无缥缈不可捉摸，

有如淡淡的月亮在黎明的东方，

有如清冷的气息在成熟的秋天。

附原文：

娟娟群松，下有漪流。晴雪满汀，隔溪渔舟。

可人如玉，步屧寻幽。载瞻载止，空碧悠悠。

神出古异，澹不可收。如月之曙，如气之秋。

委　　曲

登上那巍峨的太行山，

有羊肠小路缠绕着满目翠绿，

走向那雾气朦胧的飞流泻水，

激荡之中送来淡淡的花香。

有如农事的常年劳作，

有如羌笛的悠扬曲调，

以为它过去了却又重新开始，

似乎幽深难显却又并非埋藏。

有如水流的起伏腾曲，

有如鹏鸟的飞舞盘旋，

方法并不能自定形状，

它要与客观的事物符合相当。

附原文：

登彼太行，翠绕羊肠。杳霭流玉，悠悠花香。

力之于时，声之于羌。似往已回，如幽匪藏。

水理漩洑，鹏风翱翔。道不自器，与之圆方。

实　　境

选择平易朴素的语言，

说出单纯浅显的思想，

就如与理想的人物忽然相遇，

你听见了真理的呼声。

在曲折的溪涧旁边，

在松树的绿荫下面，

一个人在采集柴薪，

另一个在听奏古琴。

沿着自然的倾向发展，

无须寻求而创造出妙境，

于是在一次偶然的遭遇中，

你平静地聆听人间罕有的乐音。

附原文：

取语甚直，计思匪深。忽逢幽人，如见道心。

清涧之曲，碧松之阴。一客荷樵，一客听琴。

情性所至，妙不自寻。遇之自天，泠然希音。

悲　慨

发狂的大风卷起河水，

林中树木都为之摧折，

人们如死般的痛苦中，

在徒劳地呼唤救助！

生命像流水一样逝去，

光荣终于变成冷灰，

真理在逐日地退潮，

谁是挽救狂澜的雄才？

战士抚拂他的刀剑，

悲哀将他的心涨满，

就如同枯叶陨落大地，

雨滴消失在青苔上面！

附原文：

大风卷水，林木为摧。适苦欲死，招憩不来。

百岁如流，富贵冷灰。大道日丧，若为雄才。
壮士拂剑，浩然弥哀。萧萧落叶，漏雨苍苔。

形　　容

不要等待灵感自行到来，
少去揣摩平庸的事实，
这就如同寻找水中波影，
或描写春天表面的繁荣。
那风云的变化万状，
那花草的活泼生机，
那海上的波浪起伏，
那山中的悬崖陡立，
这一切就如伟大的真理，
不可以在琐碎中寻求它的妙处。
那放弃外形而捕捉神似的人，
他才是掌握技巧的真正能手。

附原文：

绝伫灵素，少回清真。如觅水影，如写阳春。
风云变态，花草精神。海之波澜，山之嶙峋。
俱似大道，妙契同尘。离形得似，庶几斯人。

超　　诣

不是由于心神的特别灵巧，

也不是由于得到天机的秘密，

它是如同白云在空中飘浮，

由于一阵清风运载而来。

远看似乎可以模仿成功，

过后才发觉究竟不像，

对真理必须有起码的理解，

才能够使人离开粗俗的路。

好比荒山中的参天大树，

好比青苔上的春日阳光，

如果固执地谈论它，思考它，

那造化的乐声就更加微弱。

附原文：

匪神之灵，匪机之微。如将白云，清风与归。

远引若至，临之已非。少有道气，终与俗违。

乱山乔木，碧苔芳晖。诵之思之，其声愈希。

飘　　逸

想要避开纷纭的人间，

不愿与俗众随波逐流，

有如荒原上逍遥自在的野鹤，

有如高山之巅舒卷自如的云。

崇高的人心中自有安宁，

容颜发出生命茂盛的光泽，

他可以在一片苇叶上驾着风，

航向那无限的宇宙。

看来好像是捉摸不到，

但那回声却仿佛听得；

懂得它的人尚可期待，

若有意追求却反而远离。

附原文：

落落欲往，矫矫不群。缑山之鹤，华顶之云。

高人惠中，令色絪缊。御风蓬叶，泛被无垠。

如不可执，如将有闻。识者期之，欲得愈分。

旷　达

人生最多不过百年，

由生到死只片刻工夫，

其中欢乐快意又太少，

悲伤苦痛却太多。

不如携带一樽酒，

每日往飞烟带萝的地方散步，

或当繁花垂挂屋檐时候，

走过疏雨去找朋友。

等到酒已经喝完了，

拿起拐杖且行且歌，

每人都有份的死最后来到，

唯有南山永久在我头上站立着。

附原文：

> 生者百岁，相去几何。欢乐苦短，忧愁实多。
>
> 如何尊酒，日往烟萝。花复茆檐，疏雨相过。
>
> 倒酒既尽，杖藜行歌。孰不有古，南山峨峨。

流　　动

无论纳入水车的飞流，

或是滚动旋转的小珠，

都不能充分表达这个，

无知形体的蓬勃生命。

广阔无垠的大地之轴，

永久旋转的天体中心，

让我们寻找它的本质，

认清它运动的形式。

超越一切莫测的变化，

再一次返回到虚无，

即使经过千年也难停滞，

这就是我这论题的要旨。

附原文：

> 若纳水辖，如转丸珠。夫岂可道，假体如愚。
>
> 荒荒坤轴，悠悠天枢。载其要端，载闻其符。
>
> 超超神明，返返冥无。来往千载，是之谓乎。

（收入《司空图〈诗品〉蔡其矫今译》，河北人民出版社
1979 年 11 月出版）

译司空图《诗品》（格律体）

雄　　浑

伟大的作品形式多样，
其中充实具体的内容。
复归自然以进入雄浑，
饱学才写出优秀诗章。
胸中储备世间的万物，
就有横绝太空的形象。
如同滚滚而来的浓云，
如同鼓荡不息的长风。
超越能看得见的外部，
去掌握本质在核心中。
不勉强粉饰浪费笔墨，
便能泉源般涌现无穷。

冲　　淡

平时静默中单纯朴素，
灵感激发便微妙辉煌。
啜饮人生醇美的源泉，
乃与孤鹤飞翔在高空。
温柔有如飘袖的春风，
全身都感到舒适清爽。
似飒飒响动高高绿竹，
无意中得到最美乐章。
偶然遇到似容易接近，
有意追寻却消匿无踪。
即使有时也达到形似，
转眼间已违本来想望。

纤　　秾

闪闪发光的流水波纹，
生命蓬勃的无边春景。
在寂静的山谷的深处，
常遇见倾心美好人物。
开满红花的春天桃树，
晴日和风吹抚的河滨。
蜿蜒小路的浓绿柳荫，

成双黄莺的缠绵歌声。
抓住这情绪向前发展，
想象便逐渐清晰鲜明。
保持这境界至无穷尽，
在创造中获万古常新。

沉 着

绿林前面一乡村茅屋，
傍晚日落时大气清新。
我自由独向山野漫步，
倾听林中的断续鸟鸣。
虽无大雁带音讯到来，
远行朋友已踪迹渺茫。
但思念中他如在眼前，
好像还是从前的模样。
海风卷动蓝天的白云，
明月高悬在雾罩沙滩。
我似听到你亲切语声，
就如大河横过我面前。

高 古

如不死仙人来自净空，
芬芳莲花擎在他手中。

已通过灭亡达到永生，
向不留迹的空间飞翔。
月亮越过东方七斗星，
如被和风吹送而上升。
从蓝色夜空的华山上，
人们听见清亮的钟声。
站在心灵纯洁的高处，
彻底破坏人为的限制。
如最初帝王远离现在，
为伟大神秘不辞孤独。

典　　雅

能带来春天玉雕酒壶，
可欣赏雨景茅顶小屋。
座中一群饱学的高士，
左右环绕着高高绿竹。
雨后白云缓慢地铺展，
成对飞鸟寂静中追逐。
他枕着琴在绿荫睡眠，
头顶飞瀑正轰然坠落。
当花瓣在无声地飘下，
那人清淡如秋天的菊。
于是把当时好景写下，
这就有了好诗供阅读。

洗　炼

有如去山中开采金矿，
或从铅中提炼出白银。
使你的心灵变得纯净，
专注劳作后扬弃糟粕。
如春水深入透明深潭，
真实便映现无翳明镜。
一个纯洁无瑕的作者，
能乘明月去取回真知。
眼睛望着灿烂的星辰，
心中唱着那脱俗的人。
今天能晶莹如同流水，
是因为吸收明月光辉。

劲　健

让精神翅膀飞向空旷，
蓬勃生命如高悬宽虹。
越过阴森可怕的巫峡，
迅如流云与巨风飞翔。
饱饮真理而力量强大，
蓄养单纯朴素在胸中。
像宇宙那样精力饱满，

以此而健壮自始至终。
既与天地万物同呼吸，
便与无穷变化共命运。
把目标放在现实上面，
让有限存在驾驭无穷。

绮　　丽

精神中本有高贵品质，
自然小看灿烂的黄金。
色彩涂抹太浓使人厌，
轻淡的遮阴更见幽深。
薄雾中露出初晴水滨，
艳红杏花开放在密林。
月光笼罩的华丽楼屋，
彩画的桥覆盖在绿荫。
金杯也要为绿酒装满，
然后才好为客人抚琴。
取用一切而不求十足，
才可以使心感受欢欣。

自　　然

随便捡出本有的东西，
不必求取他人的恩赐。

向着合理的道路走去，
一接触便有春天消息。
简单得如花到时开放，
或岁月到时便能更替。
真的获得不会被夺走，
强取便一定容易丧失。
流放者在空寂的山居，
雨后去采集新生野菜。
可能在随意指点之处，
省悟到创作欢快无比。

含　　蓄

字面上不露一丝痕迹，
却已显出事物的精神。
出语似乎不涉及苦难，
而读来却有难忍忧虑。
是因有真实主宰其中，
便引我们去同它漂流。
如酒在杯中起泡将溢，
如花要开放又被收住。
广阔的天空布满微尘，
浩瀚大海浮动着浪沫。
它聚散流动虽有万数，
收入笔端却只需一粒。

豪　放

敢于在禁宫观赏百花，
毫无芥蒂呼吸全宇宙。
精神建在真理基础上，
任何地方都不受拘束。
如从天飘落呼啸的风，
如青苍朦胧海上山峰。
真实力量灌注在内部，
万物都供他随意使用。
他招呼太阳星辰月亮，
他指挥万鸟之王凤凰。
黎明驾驶载地的神龟，
洗足太阳升起海流中。

精　神

想要收敛又收敛不尽，
它已在众愿中露出来。
如清澈见底透明的水，
如开始放苞奇异的花。
管它能言鹦鹉正青春，
管它池阁楼台遍杨柳。
退隐深山人飘然而来，

高举满樽酒抒情咏怀。
充沛的生气透出纸上，
不带丝毫的死火寒灰。
美妙的创作来于自然，
看谁能对它随便剪裁。

缜　　密

虽有真实痕迹可追寻，
又似乎是在知觉之外。
心中的形象呼之欲出，
造化也没有那样神奇。
水在流动花也在开放，
清晨露珠还未被晒干。
必由之路即使还遥远，
仍踏着轻步前进不止。
语言千万不可以烦琐，
思想千万不可以呆痴。
应该如春野遍地皆绿，
应该像明月照雪清辉。

疏　　野

随着你天性泰然自若，
不受束缚去掌握真理。

享有万物而自感富足，
以真诚坦率要求一切。
造一栋茅屋在松树下，
无所羁绊地看你的诗。
只知黎明和黄昏更换，
忘记今世究竟是何世。
倘若这样幸福合你意，
又何必勉强有所作为。
在放浪形骸的生活中，
也许能达到更高目的。

清　奇

青苍秀丽的连绵松林，
下有泛着涟漪的清流。
耀眼的晴雪盖满河滩，
对岸停泊着打鱼小舟。
伴着玉般皎洁意中人，
穿着木屐去探胜寻幽。
时常停下来抬头观望，
蓝色的天空无限悠远。
让遐想驰向古代异域，
虚无缥缈而不可捉摸。
如淡月在拂晓的东方，
如清冷的气息在晚秋。

委　曲

登上那巍峨的太行山，
羊肠小路为翠绿缠绕。
雾气朦胧的如玉溪流，
激荡中送来淡淡花香。
那些农事的常年劳作，
有如羌笛的悠扬曲调。
以为过去了又重开始，
似乎幽深却并非消失。
有如水流的起伏卷曲，
有如鹏鸟的飞舞盘旋。
方法并不能自定形状，
要与客观事物相符合。

实　境

选择平易朴素的语言，
说出单纯浅显的思想。
就如与故旧忽然相逢，
你听见了亲切的声音。
在那曲折的溪涧旁边，
在那松树的绿荫下面。
一个人独自采集柴薪，

另一个在听弹奏古琴。
沿着自然倾向而发展，
无须寻求而创出妙境。
于是在偶然的遭遇中，
你平静听到稀有乐声。

悲　慨

发狂的北风卷起河水，
林中树木都为之摧折。
人在如死般的痛苦中，
只是徒劳地呼唤求助。
生命像流水一样逝去，
光荣也终于成了冷灰。
真理已经在逐日退潮，
谁是挽住狂澜的雄才。
战士在抚拂他的刀剑，
悲哀已将他的心涨满。
就如同死叶陨落大地，
雨滴消失在青苔上面。

形　容

必须保存事物的精神，
少去揣摩清楚的外貌。

那就如寻找水中波影，
或描画春天表面繁荣。
有如风云的变化万状，
有如花草的活泼生机。
有如海上的波浪起伏，
有如山中的悬崖陡立。
一切存在都有其实质，
不可在琐碎中寻求它。
放弃外形而捕捉神情，
才是掌握技巧的能手。

超　　诣

不是由于心神的灵巧，
也不是由于得到机密。
它如白云在空中飘浮，
由一阵清风运载而来。
远看似乎能模仿成功，
近了才发觉究竟不像。
对真理必须有所理解，
才能够离去粗俗的路。
好比荒山中参天大树，
好比青苔上春日阳光。
固执地谈论它思考它，
造化的乐声便难听到。

飘　逸

想要避开纷纭的人事，
不愿与俗众随波逐流。
作荒原逍遥自在的鹤，
作高山舒卷自如的云。
高尚的人心中有和平，
容颜便发出茂盛光彩。
可以在苇叶上驾着风，
越过大海而航向无限。
看来好像是难以做到，
但那回声仿佛听得见。
懂得它的人尚可期待，
有意追求却反而远离。

旷　达

人生最长不过只百年，
由生到死似片刻工夫。
其中欢乐快意又太少，
而悲伤和痛苦却太多。
何不如且携带一樽酒，
日往飞烟带萝处散步。
或当繁花垂挂屋檐时，

走过疏雨去会见朋友。
等到把酒已经喝完了，
拿起拐杖走出门唱歌。
每人都有份的死来到，
唯有南山永久站立着。

流　　动

无论纳入水车的飞流，
或是滚动旋转的小珠。
都不能充分表达这个，
无知形体的蓬勃生命。
广阔无限的大地之轴，
永恒转动的天体中心。
让我们寻找它的本质，
并认清它运动的形式。
超越一切莫测的变化，
再一次返回浩渺虚无。
即使经千年也难停滞，
这是我这论题的要旨。

（收入《蔡其矫诗歌回廊·太阳石》）

译黄滔*诗

木 芙 蓉

要是开放在黄莺啼叫的二月早晨，
一定可以同牡丹的颜色作比较，
可是它宁肯战胜最寂寞的季节，
留给秋天的寒水来照耀。

附原文：

黄鸟啼烟二月朝，若教开即牡丹饶。
天嫌青帝恩光盛，留与秋风雪寂寥。

———————

* 黄滔，唐代诗人。

译韩偓*诗

赠　　人

矜持高傲使人不敢接近，

生气的样子很少看到笑容。

远小的雁群斜入柳叶眉中消失，

明媚的霞光从眼波里横溢出来。

垂发的脖颈云遮雪藕，

着粉的露胸雪压梅花。

不要说世上没有知心的人，

愿将全部心力为你服务。

附原文：

矜严标格绝嫌猜，喷怒虽逢笑靥开。

小雁斜侵眉柳去，媚霞横接眼波来。

---

* 　韩偓，唐代诗人。

鬓垂香颈云遮藕，粉著兰胸雪压梅。

莫道风流无宋玉，好将心力事妆台。

赠

矫捷的风度只需淡薄的装饰，

纤细的腰肢穿着窄小的衣裳。

谈话时樱桃一下绽开，

挥扇时闻到一阵暗香。

也许是因为忧愁而有些消瘦，

可舞后的脸色格外生光。

这时候不敢把话都说出来，

只有清风和明月知道我的思想。

附原文：

袅娜腰肢淡薄妆，六朝宫样窄衣裳。

著词暂见樱桃破，飞盏遥闻豆蔻香。

春恼情怀身觉瘦，酒添颜色粉生光。

此时不敢分明道，风月应知暗断肠。

问

面对褪色的蔷薇洒惜别的泪，

忧伤里回过头来询问夕阳；

为什么你不管相思的人已老，

天天都这么容易就下西墙！

附原文：

> 花前洒泪临寒食，醉里回头问夕阳。
>
> 不管相思人老尽，朝朝容易下西墙。

夏　夜　雨

随着猛烈的风和飘舞的电那黑云不断扩伸，

那沙沙发响的是树林高处密密的雨声，

夜深雨停风又安定，

断云中流动的月亮时常露出短促的光明。

附原文：

> 猛风飘电黑云生，霎霎高林簇雨声。
>
> 夜久雨休风又定，断云流月却斜明。

译吴融*诗

新　雁

南方春天已深时你才归来，

北方树叶飘落时你又南飞，

一字横空你背负着夕阳残照，

几声鸣叫你飘然在秋天的远方消失。

那高处的山峰云块是那样重叠，

那低地的江边细雨在不停淅沥；

你千万不要从那有人独坐的窗前过，

因为这样的天时听不得你的哀啼。

附原文：

湘浦春深始北归，玉关摇落又南飞。

数声飘去和秋色，一字横来背晚晖。

紫阁高飞翻幂幂，灞川低渡雨微微。

---

　*　吴融，唐代诗人。

莫从思妇台边过，未得征人万里衣。

子　　规

往日的繁华已随着时间消散，
一年又一年流转在寂寞的地方，
只看见山头的花又染成血色，
只看见山下的草又弥漫如烟。
欲雨的阴天不离开浓绿的树，
斜月将沉时叫唤微明的天，
最凄切的还是日暮江边的声音，
让漂泊者的忧愁满载着回家的船。

附原文：

举国繁华委逝川，羽毛飘荡一年年。
他山叫处花成血，旧苑春来草似烟。
雨暗不离浓绿树，月斜长吊欲明天。
湘江日暮声凄切，愁杀行人归去船。

春　　雨

你朦朦胧胧使春天变得暗淡，
你笼罩绿树冲洗红花使它更鲜明，
你把寒意带到早晨睡不醒的被窝里，
他随着车辆不再有扬起的尘土。
连绵如织的云块不要迷南来的燕子，

带着泪珠的柳枝最好送人，

还有走上最使人惆怅的事，

是青苔上纷纷落下零乱可怜的花。

附原文：

霏霏漠漠暗和春，幂翠凝红色更新。

寒入腻裘浓晓睡，细随油壁静香尘。

连云似织休迷雁，带柳如啼好赠人。

别有空阶寂寥事，绿苔狼藉落花频。

译郑谷[*]诗

鹤

虽然你翱翔云间有多么自由，

懒得对纷纭的人世偶尔回头；

虽然你微睡中听任那松花无声地飘落，

舞后也常悠闲地倾听泉水在怎样流；

虽然你羽翼光明皎洁常被错认为一堆白雪，

潇洒的风貌也比得上凉爽高远的深秋；

但你还是不如那白鹭亲切可爱，

它永远伴着渔翁落户在芦苇丛生的沙洲。

附原文：

一自王乔放自由，俗人行处懒回头。

睡轻旋觉松花堕，舞罢闲听涧水流。

＊　郑谷，唐代诗人。

羽翼光明欺积雪，风神洒落占高秋。

应嫌白鹭无仙骨，长伴渔翁宿苇洲。

雁

八月悲哀的风再加九月肃杀的霜，

蔷薇的红花已经淡了芦苇已经变黄，

低头看见堤岸下面波浪摇动云影，

抬头重见你穿云飞向他乡。

婉转思念的歌声忽然中断，

迷失道路的人向你遥望，

在亲人身边听到你也会断肠，

何况今天沦落在这苦难的地方！

附原文：

八月悲风九月霜，蓼花红淡苇条黄。

石头城下波摇影，星子湾西云间行。

惊散渔家吹短笛，失群征戍锁残阳。

故乡闻尔亦惆怅，何况扁舟非故乡。

江　梅

江上的梅花啊，你且慢慢地飞，

因为前人已经有这样的歌词；

"不要爱惜那黄金绣花衣，

不要忘记那白雪盖青枝。"

沉吟中看着你而归不得，

闻见你的清香如醉如痴，

把你连同雨丝和烟缕折下来，

送给亲爱的人在魂梦里。

附原文：

江梅且缓飞，前辈有歌词。

莫惜黄金缕，难忘白雪枝。

吟看归不得，醉嗅立如痴。

和雨和烟折，含情寄所思。

鹧　鸪

花锦般的羽翼在晴日的荒草中游戏，

论起品种应该是有点近于山鸡。

阴雨的黄昏中我看见你从湖边走过，

落花的时节我听见你在山岭上哀啼。

流浪人因为你而泪滴衣袖，

歌唱者因为你而紧锁双眉；

如今你又沿着江边相呼相应，

在春天夕阳照射的苦竹深丛里。

附原文：

暖戏烟芜锦翼齐，品流应得近山鸡。

雨昏青草湖边过，花落黄陵庙里啼。

游子乍闻征袖湿，佳人才唱翠眉低。

相呼相应湘江阔，苦竹丛深日向西。

夕　阳

夕阳的颜色以秋天最好，
当它流水般荡漾在草地，
当它照亮隔湖光明的雨滴，
当它涂染高空急飞的雁翅。
它给诗稿留下金色数行。
它给眼眸添上辉煌的泪。
不要恨它的余光即将消失，
月亮又在天上再接相思。

附原文：

夕阳秋更好，敛敛蕙兰中。
极浦明残雨，长天急远鸿。
僧窗留半榻，渔舫透疏篷。
莫恨清光尽，寒蟾即照空。

残月如新月

那冷落的样子多么相似，
终月如初月挂在天边，
还在疑心它是否与夕照相照耀，
谁能相信它将坠入欲曙的天。
在江河之上它最为别致，
诗人要形容它非常困难。
无心去想到它的残缺，

屈指在期望它的圆满。

附原文：

> 荣落何相似，初终却一般。
> 犹疑和夕照，谁信堕朝寒。
> 水木辉华别，诗家比象难。
> 屈指期轮满，何心谓影残。

燕

随着年来又随着年去你来去都匆忙，
在春天寒冷的暮烟中越过江南，
你和梅雨一起低飞在绿了的田园，
又纷纷散入人家去找栖息的栋梁。
在无人的桌上你往浅浅的砚池喝水，
在落花的小径你取得小小的泥丸，
你千言万语却没有人能够理解，
又去追逐那黄莺飞过短墙。

附原文：

> 年去年来来去忙，春寒烟暝渡潇湘。
> 低飞绿岸和梅雨，乱入红楼拣杏梁。
> 闲几砚中窥水浅，落花径里得泥香。
> 千言万语无人会，又逐流莺过短墙。

译汪遵*诗

长　城

秦始皇建筑的长城比铁还牢，
落后民族再不敢擅弄枪刀，
在我看来它虽然万里蜿蜒直达云间，
还不及普通人家的台阶那么高。

附原文：

秦筑长城比铁牢，蕃戎不敢过临洮。
虽然万里连云际，争及尧阶三尺高。

---

* 汪遵，唐代诗人。

译于邺*诗

孤　　云

无边的蓝天无穷的路，
走过的行程何止万里，
有时因风匆匆离开海上
有时伴月来到你的城市。
你既不抬头让我细看，
城中又无高树让我栖息，
我久久徘徊而不能停下，
终于带着惆怅的心回去。

附原文：

南北各万里，有云心更闲。
因风离海上，伴月到人间。
洛浦少高树，长安无旧山。
裴回不可驻，漠漠又空还。

---

*　于邺，唐代诗人。

译王建*诗

十五夜望月寄杜郎中

庭中地上全白时树上已栖宿老鸦，
寒冷的露水无声地湿润着桂花；
今夜的月亮人们都在看，
不知引起我秋思的人在哪一家？

附原文：

中庭地白树栖鸦，冷露无声湿桂花。
今夜月明人尽望，不知秋思落谁家。

---

* 王建，唐代诗人。

译王贞白*诗

歌

是谁在唱远方的歌，
当深夜寂寞的时候？
那余音久久地萦回在耳旁，
千愁万恨又重新经过心上。
古老的歌调有如清风徐起，
哀怨的声音随着凉月西沉。
只是这些座上的听客，
有谁是真心的知音？

附原文：

谁唱关西曲，寂寞夜景深。
一声长在耳，万恨重经心。
调古清风起，曲终凉月沉。
却应筵上客，未必是知音。

---

* 王贞白，唐代诗人。

译孙氏*诗

琴

雪白的手指按在墨黑的键上时重时轻，
哀怨女子的琴声听来最使人伤心。
起初以为是秋天凉风在飒飒吹动，
后来又觉得是晚上的雨点在悄悄飘零。
有时近得好像是来自绿色山谷的泉水，
有时远得好像是白鹤飞下阴沉的云层。
等到夜深琴声断了若有所失地往外看，
庭院里的月光把露水湿了的丛兰照得通明。

附原文：

玉指朱弦轧复清，湘妃愁怨最难听。
初疑飒飒凉风劲，又似萧萧暮雨零。
近比流泉来碧嶂，远如玄鹤下青冥。
夜深弹罢堪惆怅，露湿丛兰月满庭。

＊　孙氏，唐代诗人。

译李山甫*诗

风

喜怒冷热一向不平均，
终了无形状，开始无原因，
能将平地的尘土迷双目，
又爱掀起波澜陷害人。

附原文：

喜怒寒暄直不匀，终无形状始无因。
能将尘土平欺客，爱把波澜枉陷人。

---

* 李山甫，唐代诗人。

译高越[*]诗

鹰

羽毛如钢铸，眼眸像星光，
翱翔高空专等走兽豺狼；
捕鸟人呵你不必张开罗网，
它从不低飞在平原浅草上。

附原文：

雪爪星眸世所稀，摩天专待振毛衣。
虞人莫谩张罗网，未肯平原浅草飞。

———————————

* 高越，南唐诗人。

译寇准*诗

暮 秋 感 兴

过往的一切都已非常遥远，
眼前的穷途又使人悲伤，
有时失神地听着落叶，
有时沉默地看着夕阳。
窗前的草已日渐衰微，
晚上的月色却更加明亮，
最好是别抬头望高空，
那鸿雁又飞向他乡。

附原文：

苒苒前期远，穷途亦可伤。
有时闻落叶，不语立残阳。
塞草秋先白，溪沙晚更光。
那堪望天末，燕雁又成行。

---

* 寇准，北宋诗人。

113

译林逋*诗

霜 天 晓 角

像霜那样洁白，像冰那样清明，
梅花已在昨天晚上暗中开放。
这时候不知从什么地方飞来一阵悠扬的笛声，
那笛声甚至摇动了枝头早晨将落的月亮。

刚刚从睡梦中苏醒，
烘炉虽然还暖，但炭火已在早寒中暗淡无光。

为要使卷起窗帘来更好地欣赏，
那铺陈在阶前的白雪请暂时不要扫动。

---

* 林逋，北宋诗人。

附原文：

　　冰清霜洁。昨夜梅花发。甚处玉龙三弄，声摇动、枝头月。

　　梦绝。金兽爇。晓寒兰烬灭。要卷珠帘清赏，且莫扫、阶前雪。

相　思　令

浙江的山峦一片绿，

江苏的原野一片青，

到处都有美丽的风景来相迎，

这时候怎么还为离别而伤情？

你的泪水闪亮，

我的泪水晶莹，

永久的情谊没能够结成，

那江边汹涌的海潮怎么能退平？

附原文：

　　吴山青，越山青。两岸青山相送迎，谁知离别情？

　　君泪盈，妾泪盈。罗带同心结未成，江头潮已平。

梅　花

所有的花木都摇落唯独你带雪开放，

在小小园中占得人间最崇高的感情，

那疏朗的枝影横斜倒映在澄清浅水上，

那暗中的芳香浮动在寒月初升的黄昏。

云中的鸟雀要下来首先是为窥见你，

蝴蝶如果知道必定为你而颠倒神魂。

幸而只有我以亲切的诗句向你倾诉，

不需要用歌舞和酒宴污染你的精神。

附原文：

众芳摇落独暄妍，占尽风情向小园。

疏影横斜水清浅，暗香浮动月黄昏。

霜禽欲下先偷眼，粉蝶如知合断魂。

幸有微吟可相狎，不须檀板共金尊。

（此首收入《蔡其矫诗歌回廊·太阳石》）

译王安石*诗

登 飞 来 峰

飞来峰站立着一座高塔，
听说鸡鸣时可以看到日东升。
不怕浮云来把视线遮住，
只因为自己站在最高层。

附原文：

飞来山上千寻塔，闻说鸡鸣见日升。
不畏浮云遮望眼，自缘身在最高层。

北　　山

高山输送绿水涨满了横的湖，

＊　王安石，北宋诗人。

117

直的河沟和曲折的水塘都晃晃荡荡。

贪着细数落花不知不觉地坐了很久，

缓慢地去寻求芳草才使得我归来迟了些。

附原文：

北山输绿涨横陂，直堑回塘滟滟时。

细数落花因坐久，缓寻芳草得归迟。

书湖阴先生壁

茅檐下经常打扫连青苔都没有了，

所有一畦畦的花木都是主人亲手栽。

一条水爱护秧田，而携带绿色水波环绕着它，

两座山把门挤开撞入，带苍翠的景色送来。

附原文：

茅檐长扫净无苔，花木成畦手自栽。

一水护田将绿绕，两山排闼送青来。

译苏轼[*]诗词赋

行香子·过七里濑

一叶小船掠过春江，

两支细桨惊起大雁，

水清天蓝，

如镜碧波有山影倒悬，

时见游鱼翻动镜中水草，

白鹭点破烟罩的江面，

　　经过沙滩溪水急，

　　　经过结霜的江湾风带寒，

　　　　经过月夜的江上人无眠。

重叠的山峦如图画，

---

*　苏轼，北宋文学家。

弯曲的水路似银链，

想起从前，

钓名的严陵空过华年，

君臣都不免如一梦，

到现在全消失不见，

只有远山无穷，

只有云山连绵，

只有早晨山景永远新鲜。

附原文：

一叶舟轻，双桨鸿惊。水天清、影湛波平。鱼翻藻鉴，鹭点烟汀。过沙溪急，霜溪冷，月溪明。

重重似画，曲曲如屏。算当年、虚老严陵。君臣一梦，今古空名。但远山长，云山乱，晓山青。

蝶恋花·赠朝云

红花快落尽，青杏还小，

燕子飞过去，沿着绿水和人家盘绕；

枝上的柳絮又被风吹剩得很少，

可是，天涯何处无芳草！

墙里在打秋千，墙外有条道，

墙外的行人，听见墙里的美人在笑，

笑声渐不闻，声音消失了，

可是，多情还被无情恼？

附原文：

　　花褪残红青杏小。燕子飞时，绿水人家绕。枝上柳绵吹又少，天涯何处无芳草！

　　墙里秋千墙外道。墙外行人，墙里佳人笑。笑渐不闻声渐悄，多情却被无情恼！

满庭芳·感怀

　　像蜗牛爬上高墙那样的虚名，

　　像蝇头那样微小的利益，

　　仔细算来，为什么要为这些而无谓奔忙。

　　既然凡事都有一定的发展规律，

　　又怎样能断定谁弱谁强。

　　还不如趁这自由自在的生身还未衰老，

　　尽可让自己保有一点儿疏狂！

　　活到一百年，即使全是醉着，

　　也不过是三万六千场！

　　再仔细思量，即使在生活中，

　　有一半是被忧愁的风雨所损害，

　　既有限，也无妨，

　　又何必至死都要说短论长！

　　最幸福的是对着明月清风，

　　面前展开绿色的草地，

　　头上高张着银色的云幕，

而且是在美丽的南方，

有好酒无数，诗篇无穷。

附原文：

> 蜗角虚名，蝇头微利，算来著甚干忙。事皆前定，谁弱又谁强。且趁闲身未老，须放我、些子疏狂。百年里，浑教是醉，三万六千场。

> 思量。能几许，忧愁风雨，一半相妨。又何须抵死，说短论长。幸对清风皓月，苔茵展、云幕高张。江南好，千钟美酒，一曲满庭芳。

沁园春·旅途

在那孤单的旅馆中灯火已经黯淡，

催行的晨鸡已在啼叫，

枕上的迷梦已被打乱。

月亮渐渐收起它的光华，

早晨的凝霜在发射白光，

流动白云的山峰在展开美景，

晶莹的露珠闪烁在花草之上。

世界上的道路原是无穷尽，

忙碌的一生又非常有限，

为什么我老是这样很少欢乐？

把诗读罢，对征途沉默无言，

过去的心事又一一来到心上。

想当年和你一起住在可爱的城市，

仿佛回到最美好的青春时期，

笔下写出热情的诗歌，

心中有燃烧的火焰，

为人民的利益去尽力服务，

凡事看到都没有什么困难；

但采纳与否由时代，

行动或收藏却在于我，

何不袖手且在旁边看。

只要生命还未熄灭，

能够一年年悠游四方，

还是暂对酒杯快乐歌唱。

附原文：

　　孤馆灯青，野店鸡号，旅枕梦残。渐月华收练，晨霜
耿耿；云山摛锦，朝露溥溥。世路无穷，劳生有限，似此
区区长鲜欢。微吟罢，凭征鞍无语，往事千端。

　　当时共客长安，似二陆初来俱少年。有笔头千字，胸
中万卷；致君尧舜，此事何难。用舍由时，行藏在我，袖
手何妨闲处看。身长健，但优游卒岁，且斗尊前。

　　　　　　（此四首收入《蔡其矫诗歌回廊·太阳石》）

少年游·寄远方

记得去年相别时，

在余杭城外，

有杨花般的飞雪。

今年春已过完，

这里有似雪的杨花，

家乡还是归不得。

卷了窗帘，

举起酒杯邀请明月，

有风露进来相陪，

就连嫦娥也怜惜双燕，

用晶明的月光照着，

在那画梁上栖息。

附原文：

去年相送，余杭门外，飞雪似杨花。今年春尽，杨花似雪，犹不见还家。

对酒卷帘邀明月，风露透窗纱。恰似姮娥怜双燕，分明照、画梁斜。

卜算子·寄友人

四川人到了江南，

一向爱吴山风景好，

江南四川自古多风流，

回乡要趁早。

现在又同去年的人，

一起坐着西湖草，

酒杯面前仔细看，

该是人变老。

附原文：

蜀客到江南，长忆吴山好。吴蜀风流自古同，归去应须早。

还与去年人，共藉西湖草。莫惜尊前仔细看，应是容颜老。

江城子·湖上听筝

凤凰山下雨初晴，

水凉风清

晚霞照眼明，

一朵莲花，

正当盛开最迷人。

从什么地方飞来两只白鹭，

好像有意，

爱慕它的丰姿多情。

忽然听见湖上弄筝的哀怨声，
痛苦中含有热情，
是奏给谁听？
等到烟散云收，
近看好像湘江女神。
想曲终后再去找寻，
人已不见，
只剩青山隐隐。

附原文：

凤凰山下雨初晴。水风清，晚霞明。一朵芙蕖，开过尚
盈盈。何处飞来双白鹭，如有意，慕娉婷。

忽闻江上弄哀筝，苦含情，遣谁听？烟敛云收，依约
是湘灵。欲待曲终寻问取，人不见，数峰青。

江神子·席上

皱着画过的蛾眉不愿人看到，
拿起白团扇掩着，
偷偷掉眼泪，
强自饮尽一杯酒，
收泪唱送别的歌；
不要说长安天样远，
天能看到，见你就难。

附原文：

　　翠蛾羞黛怯人看。掩霜纨，泪偷弹。且尽一尊，收泪唱《阳关》。漫道帝城天样远，天易见，见君难。

　　画堂新构近孤山。曲栏干，为谁安？飞絮落花，春色属明年。欲棹小舟寻旧事，无处问，水连天。

江城子·悼亡

　　已经十年了，
　　生的和死的远隔关乡，
　　即使不思念，
　　心中自难忘。
　　孤独的坟墓在千里外，
　　叫我无法对你诉说心中的凄凉
　　纵使能够相逢，
　　怕你已不相识：
　　我是尘满面，
　　鬓如霜。

　　昨夜忽然梦见我还乡，
　　看见在那小窗下，
　　你正在梳妆。
　　两人相看无言，
　　唯有泪珠千行。

猜想那年年肠断的所在，

这时该有深夜的月亮，

照在小松树的山冈。

附原文：

十年生死两茫茫，不思量。自难忘。千里孤坟，无处
话凄凉。纵使相逢应不识，尘满面，鬓如霜。

夜来幽梦忽还乡，小轩窗。正梳妆。相顾无言，惟有
泪千行。料得年年肠断处，明月夜，短松冈。

蝶恋花·密州上元

忆起灯火灿烂的钱塘十五夜，

晶莹的月光如霜，

照见游人如一幅画，

歌舞台上吹笙又飘散麝香，

净洁的街上更无一点尘土随马。

现在这山城寂寞人也老了，

击鼓吹箫，

走向农村，

灯稀火冷，霜露正下，

欲雪的暗云张挂四野。

附原文：

灯火钱塘三五夜，明月如霜，照见人如画。帐底吹笙

香吐麝，更无一点尘随马。

　　寂寞山城人老也。击鼓吹箫，却入农桑社。火冷灯稀霜露下，昏昏雪意云垂野。

水调歌头·问月

天上的明月，并不能常遇见，

让我举起一杯酒，来问问青天。

天上要是有宫殿人物，

那么今夜该是哪一年？

我想乘风到那里去，

又怕在那高处的楼屋，受不了苦寒。

还不如就在人间，

对着月光起舞歌唱。

月亮高过屋顶，

又低低射进门窗，

照着我不眠的整个夜晚。

按说是不应该怨恨，

可是为什么它老是在别离的时候才团圆？

啊！地上的人有悲欢离合，

天上的月也有阴晴圆缺，

这种事是自古以来就难免。

只愿人的感情能长久，

相隔千里而永相眷恋。

附原文：

　　明月几时有？把酒问青天。不知天上宫阙，今夕是何年？我欲乘风归去，又恐琼楼玉宇，高处不胜寒。起舞弄清影，何似在人间？

　　转朱阁，低绮户，照无眠。不应有恨，何事长向别时圆？人有悲欢离合，月有阴晴圆缺，此事古难全。但愿人长久，千里共婵娟。

浣溪沙·徐州藏春阁园中

难得今年大麦小麦都丰收，
千万枝麦穗如波浪在空中飞舞。
大自然力量无穷尽，
又使红花染遍四周。

回城的醉汉应该倒骑着，
看满街遮路的儿童拍手唱歌。
这样美丽的香花，
什么时候有这样动人的称呼。

附原文：

　　惭愧今年二麦丰，千畦细浪舞晴空。化工余力染天红。归去山公应倒载，阑街拍手笑儿童。甚时名作锦薰笼。

洞 仙 歌

冰做肌肉玉做骨，

当然是清凉无汗。

临水的宫室有风吹来，

被暗中的香气溢满。

那窗帘敞开着，

一片月光照见她，

她人还未睡，

正倚着绣枕一任钗横鬓乱。

起来牵着雪白的手，

庭户开启无声，

不时见流星飞过银河上。

探问夜多深？

夜已三更。

月已淡，

七斗星已落天边。

屈指细算秋风什么时候来，

只怕那如水的流年又在暗中换。

附原文：

冰肌玉骨，自清凉无汗。水殿风来暗香满。绣帘开，

一点明月窥人，人未寝，敧枕钗横鬓乱。

起来携素手，庭户无声，时见疏星渡河汉。试问夜如

何？夜已三更。金波淡，玉绳低转。但屈指西风几时来，
又不道流年暗中偷换。

浣溪沙·忆别

桃李的溪边暂停车轮，

鹧鸪怨声中诉说别情，

这时夕阳虽好已近黄昏。

香气入我衣裳，美人倒我臂中，

水连着芳草，月连着流云，

这样的离别怎不叫人销魂！

附原文：

桃李溪边驻画轮。鹧鸪声里倒清尊。夕阳虽好近黄昏。

香在衣裳妆在臂，水连芳草月连云。几时归去不销魂。

念奴娇·赤壁怀古

长江滚滚东去，

那波浪送走了多少风流人物！

前人兵垒的西边，

人们说那就是三国周郎时候的赤壁。

只见乱石插天，

惊涛拍岸，

卷起了千堆白雪。

如画般美丽的江山，

那时曾聚集了多少豪杰。

遥想周郎当年，

刚娶了小乔，

雄姿是多么开朗俊美。

穿戴平民的装束，

只在谈笑之间，

就让强大的敌人在火攻之下，

好像灰飞烟灭那样消失。

如果周郎的英魂重游故地，

多情的他一定要笑我，

为什么这样早就生了白发。

人生一世就如梦一般，

还不如举酒邀请江上的明月。

又译文：

长江滚滚向东流去，

那波浪淘尽了多少历史上的伟大人物。

在从前遗留下来的破垒西边，

人们说那就是三国周郎打败曹操的赤壁。

只看见一块块的乱石插入青空，

有无尽的惊涛骇浪拍打着江岸，

在那里卷起了千万堆耀眼的白雪。

祖国的江山是这样雄伟壮丽，

当时又曾经产生了多少英雄豪杰！

想起了周瑜在那个有为的年代，

才在不久后和美丽的小乔结合，

雄美的身姿是多么英武焕发。

他穿戴着平民的普通服装，

只需在谈笑之间便使侵略者强大的舰队灰飞烟灭。

如果现在周郎的灵魂又回到故国来，

多情的他一定要笑我，

为什么这样早就生了白发。

人生本来就好像一场梦，

还不如高举酒杯酬谢江上的明月。

附原文：

大江东去，浪淘尽，千古风流人物。故垒西边，人道是，三国周郎赤壁。乱石穿空，惊涛拍岸，卷起千堆雪。江山如画，一时多少豪杰！

遥想公瑾当年，小乔初嫁了，雄姿英发。羽扇纶巾，谈笑间，樯橹灰飞烟灭。故国神游，多情应笑我，早生华发。人生如梦，一尊还酹江月。

水龙吟·杨花

说是花又不像花，

从没有人惋惜它也照样飞坠。

离开枝头落在路旁，

仔细想来，

它虽无情却有相思。

那相思使它清瘦愁苦，

困倦无力的柔美眼睛，

想睁开却又关闭。

它正梦见随风飞向远方，

去找寻情郎的住处，

忽然间，

又被黄莺的啼声唤起。

不恨这杨花飞尽，

只恨园中的落红难再上枝。

天明雨后，

寻它的踪迹，

只见如碎了的浮萍漂满小池。

如把春色分作三份，

那应是两份归尘土，

一份付流水。

仔细再看，原来这不是杨花，

一点一点，都是离人的眼泪！

附原文：

　　似花还似非花，也无人惜从教坠。抛家傍路，思量却是，无情有思。萦损柔肠，困酣娇眼，欲开还闭。梦随风万里，寻郎去处，又还被莺呼起。

　　不恨此花飞尽，恨西园、落红难缀。晓来雨过，遗踪何在，一池萍碎。春色三分，二分尘土，一分流水。细看来，不是杨花，点点是离人泪。

贺新郎·赠钱塘官伎

小小的燕子，

穿飞在雕饰彩绘的住屋。

静悄悄没有人，

梧桐的阴影已过下午，

傍晚的凉爽又兼罢沐浴，

手上摇着绢丝的团扇，

扇和手一时都变成白玉。

渐渐觉得困倦斜靠着，

独自微睡，心静眠熟。

忽然帘外有谁来推门户，

偏叫人，

好梦被断却：

不想是，

风吹竹。

石榴花半吐时，

好像未完全展开的红绸一小幅。

让春天轻薄的花蕊都去尽，

只留下我伴你作夏天幽静的花朵。

一枝红艳仔细看罢，

芳心千重如在一束。

又怕被秋风把叶摇坠，

一心在等待你能够看到，

花前举酒又不忍心接触，

让花瓣和眼泪，

一起飘落。

附原文：

乳燕飞华屋。悄无人、桐阴转午，晚凉新浴。手弄生绡白团扇，扇手一时似玉。渐困倚、孤眠清熟。帘外谁来推绣户，枉教人、梦断瑶台曲。又却是，风敲竹。

石榴半吐红巾蹙。待浮花、浪蕊都尽，伴君幽独。秾艳一枝细看取，芳心千重似束。又恐被、秋风惊绿。若待得君来向此，花前对酒不忍触。共粉泪，两簌簌。

情景三部乐

美丽的人儿好像月亮。

初次看见时掩盖上一层淡淡的晚云，

更增加她无比的动人鲜艳。

我猜想她应该无恨

当然不会有阴晴圆缺的变迁。

也许是因为太娇嫩而白白地添了愁闷，

只见她要下床来又懒于起动，

未曾问答已经先自鸣咽无言。

也不过只有几天没有来，

秋天的红叶已落满了庭院。

今天我特地备了酒宴勉强她起来，

问她为什么人这样伤感，

甚至连雪一样的容貌也有些微的改变？

问她因为什么事情而病倒，

那个思念她的人却还平常一样？

她却只是低着双眉，

凄惨得不能回答。

于是唱起那支金缕曲，

一声声都是怨恨悲伤。

"应该折取的时候就得折取。

要爱惜那花开的不再的少年。"

附原文：

美人如月。乍见掩暮云，更增妍绝。算应无恨，安用
阴晴圆缺。娇甚空只成愁，待下床又懒，未语先咽。数日
不来，落尽一庭红叶。

今朝置酒强起，问为谁减动，一分香雪。何事散花却
病，维摩无疾。却低眉、惨然不答。唱金缕、一声怨切。
堪折便折。且惜取、少年花发。

劝金船·赠别

无情的流水却浮载着多情的人，

她劝我如果对人生有真正的认识，

酒杯来到手上就千万不要辞却，

这平凡的真理要说来也实在难得。

　　她纤细的双手有如霜雪那样白皙，
　　笑着把秋天的花朵往我鬓上插，
　　叫我不要怪她为什么歌声喑咽，
　　况且这只是短短的离别。

附原文：

　　无情流水多情客。劝我如曾识。杯行到手休辞却。这公道难得。曲水池上，小字更书年月。还对茂林修竹，似永和节。

　　纤纤素手如霜雪，笑把秋花插。尊前莫怪歌声咽，又还是轻别。此去翱翔，遍赏玉堂金阙。欲问再来何岁，应有华发。

前 赤 壁 赋

　　宋神宗元丰五年的秋天，七月十六日，苏子和客人们驾小船到赤壁下面的江上游玩。清风缓缓吹来，江面上很平静。主人举起酒杯邀客人同饮，大家朗诵诗经《月出》这首诗的《窈窕》这一章。不一会，月亮从东山上出来，在南斗和牛宿星之间徘徊。这时，白茫茫的雾气横在江面，水上的光明和天空相连接。任凭小船随意飘荡，凌驾在这茫茫无边的水上。浩浩荡荡如在天上乘风而去，不知道要游到什么地方；有一种飘飘然的感觉，如脱离世界而超然独立，像道家那样飞升而登上仙界。

　　于是大家非常畅快地饮酒，并且敲着船舷唱起歌来。那歌儿是这样的："桂树做的棹啊，木兰做的桨，摇击着水里的月光和波影逆流而上，对着无穷的空间禁不住地怀念啊，遥望心上的人在天的另一方。"客人中有吹洞箫的，按着歌的音调与之和鸣。那呜呜的声音，好像忧怨，好像羡慕，好像饮泣，好像哭诉；它的余音凄凉婉转，如一缕不断的丝；悲声使潜伏深渊的蛟龙舞动起来，使孤单船上的寡妇不禁为之落泪。

苏子为忧愁而变色，整了整衣襟端坐起来向客人问道："你的曲调为什么这样凄凉呀？"

客人回答说："月明星稀，乌鹊南归，这不是曹孟德有名的诗句吗？从这里可以西望汉口，东望武昌，眼前的山川萦绕连绵，一片郁郁苍苍，这不是曹孟德被周瑜击败的地方吗？当他攻破荆州，取了江陵，顺着长江向东进发，战船千里相接，旌旗遮蔽天空，对着大江饮酒，横起长矛赋诗，真是不可一世的英雄人物呀，而今他在哪里呢？何况我和你不过是打鱼砍柴在江边和沙洲之上，只能和鱼虾和麋鹿做朋友，驾一只小小的扁舟，举瓠做的酒杯相对饮，不过是朝生暮死的游蜉暂时寄生在天地之间，如同苍茫大海中的一粒粟罢了。哀叹人生的短促，羡慕大江的万里长流，多么想陪同飞仙遨游太空，拥抱明月而与之永存啊。但是深知这是不可能办到的，所以把满怀悲伤寄托于哀怨的箫声了。"

苏子说道："你也知道水和月的道理吗？你看江水日夜奔流，实际上未尝消失；当空的月亮有圆有缺，而结果是它并无损伤。如果从事物的变化方面着眼，那么天地的存在也不过又一眨眼的工夫；如果从事物不变的观点去看，那么自然和人类都是永远无穷无尽存在的，我们又何必羡慕水月而自寻苦恼呢？

因为天地间的万物，都各有所主，若不是属于我们所有，虽一毫之微也不能强取。唯独江上的清风，山间的明月，人的耳朵听到就成为声音，眼睛接触就成为色彩，没有谁能够禁住你，永远享受不尽。这是大自然的无穷宝藏，为我和你所共同欣赏和娱乐。"

客人欢喜得笑了，又洗盏重新对酌。直到果品和菜肴都吃完，杯盘也杂乱不堪，大家都醉得互相枕着睡在船上，不知不觉天已经亮了。

附原文：

壬戌之秋，七月既望，苏子与客泛舟游于赤壁之下。清风徐来，水波不兴。举酒属客，诵明月之诗，歌窈窕之章。少焉，月出于东山之上，徘徊于斗牛之间。白露横江，水光接天。纵一苇之所如，凌万顷之茫然。浩浩乎如冯虚御风，而不知其所止；飘飘乎如遗世独立，羽化而登仙。

于是饮酒乐甚，扣舷而歌之。歌曰："桂棹兮兰桨，击空明兮溯流光。渺渺兮予怀，望美人兮天一方。"客有吹洞箫者，倚歌而和之。其声呜呜然，如怨如慕，如泣如诉，余音袅袅，不绝如缕。舞幽壑之潜蛟，泣孤舟之嫠妇。

苏子愀然，正襟危坐而问客曰："何为其然也？"客曰："月明星稀，乌鹊南飞，此非曹孟德之诗乎？西望夏口，东望武昌，山川相缪，郁乎苍苍，此非孟德之困于周郎者乎？方其破荆州，下江陵，顺流而东也，舳舻千里，旌旗蔽空，酾酒临江，横槊赋诗，固一世之雄也，而今安在哉？况吾与子渔樵于江渚之上，侣鱼虾而友麋鹿，驾一叶之扁舟，举匏樽以相属。寄蜉蝣于天地，渺沧海之一粟。哀吾生之须臾，羡长 江之无穷。挟飞仙以遨游，抱明月而长终。知不可乎骤得，托遗响于悲风。"

苏子曰："客亦知夫水与月乎？逝者如斯，而未尝往也；盈虚者如彼，而卒莫消长也。盖将自其变者而观之，则天地曾不能以一瞬；自其不变者而观之，则物与我皆无尽也，而又何羡乎！且夫天地之间，物各有主，苟非吾之所有，虽一毫而莫取。惟江上之清风，与山间之明月，耳得之而为声，目遇之而成色，取之无禁，用之不竭，是造物者之无尽藏也，而吾与子之所共适。"

客喜而笑，洗盏更酌。肴核既尽，杯盘狼藉。相与枕藉乎舟中，不知东方之既白。

红　　梅

担心愁苦又贪睡眠才独自开得很迟，
恐怕自己寒冰般庄严的容貌不能入时，
所以做出桃杏那样粉红的迷人颜色，
但还是留有孤苦清瘦的霜雪风姿。
高傲的心不肯跟世俗随波逐浪，
但微醉的红晕为什么又染上双腮？
可笑诗人年老不知你梅花的风格显然存在，
但看你的绿叶便断定为轻薄的桃李。

附原文：

怕愁贪睡独开迟，自恐冰容不入时。

故作小红桃杏色，尚余孤瘦雪霜姿。

寒心未肯随春态，酒晕无端上玉肌。

诗老不知梅格在，更看绿叶与青枝。

中　秋　月

收尽晚间的云彩然后流泻清光，

天河里无声地移动着白玉的盘；

这一生这一夜如果不相好，

下一年下一月何处能再见？

附原文：

暮云收尽溢清寒，银汉无声转玉盘。

此生此夜不长好，明月明年何处看。

连　雨　涨　江

潇潇的急雨带来一夜的凉爽，

躺着听榕树的枝叶在长廊响动；

微明的灯火照着残破的梦，

半湿的帐帘散出往日的清香。

那床下的高浪好像在吹瓮，

那摇树的暗风有如玉响；

既然我不出门晴也无用，

就让它在台阶上滴到天亮。

附原文：

> 急雨萧萧作晚凉，卧闻榕叶响长廊。
> 微明灯火耿残梦，半湿帘帷浥旧香。
> 高浪隐床吹瓮盎，暗风惊树摆琳琅。
> 先生不出晴无用，留向空阶滴夜长。

大　雨

如翻墨的黑云还没有遮山，
如跳珠的白雨已纷纷入船；
平地卷来的风忽然把它吹散，
傍湖的楼下那水好像天。

附原文：

> 黑云翻墨未遮山，白雨跳珠乱入船。
> 卷地风来忽吹散，望湖楼下水如天。

译秦观* 诗

春　霁

昨夜响着轻雷落下密密的细雨，
今朝阳光在浮烟的屋瓦上生辉；
多情善感的芍药含着晴日的眼泪，
软弱无力的蔷薇倒下早晨的桑枝。

附原文：

一夕轻雷落万丝，霁光浮瓦碧参差。
有情芍药含春泪，无力蔷薇卧晓枝。

---

*　秦观，北宋诗人。

译陆游[*]诗词

游 山 西 村

不要笑农村的生活相当简朴，

最重要的是那里待人非常热情。

重叠的山弯曲的水好像再也没有路了，

密集的柳林灿烂的野花又出现了新村。

歌声和锣鼓是因为丰收的日子近了，

村庄和田野到处一片欢腾。

今后要是我能经常去看望，

那就全村都成了我的亲人。

附原文：

　　莫笑农家腊酒浑，丰年留客足鸡豚。

　　山重水复疑无路，柳暗花明又一村。

---

　　*　陆游，南宋诗人。

萧鼓追随春社近，衣冠简朴古风存。

从今若许闲乘月，拄杖无时夜叩门。

钗　头　凤

红润的香酥一般的小手，

捧着滕黄色的酒，

那时正当满城的围墙中，

飘垂着春天绿色的柳。

可是偏遇着作恶的东风，

使我们的欢情太短促。

这几年的离别萧索，

这一怀的愁苦情绪，

都是错！都是错！都是错！

眼前的春色依旧，

可人已在等待中消瘦，

流不尽的血泪，

已把纱帕湿透。

好像飘零的桃花，

落遍水池亭阁。

从前的誓盟虽在，

但连书信都难寄托。

不能做！不能做！不能做！

附原文：

红酥手，黄滕酒。满城春色宫墙柳。东风恶。欢情薄。一怀愁绪，几年离索。错错错！

春如旧，人空瘦。泪痕红浥鲛绡透。桃花落，闲池阁。山盟虽在，锦书难托。莫莫莫！

（此首收入《蔡其矫诗歌回廊·太阳石》）

译唐琬*词

答

世俗多么鄙薄，

人情多么险恶，

有如暮雨送走黄昏时，

那花瓣太容易飘落。

当早晨的风吹干，

脸上泪痕凋残。

想写出满怀心事，

独自低诉斜靠栏杆。

都是难！都是难！都是难！

现在人既各自生活，

---

* 　唐琬，南宋词人。

今天已经不是昨天，

但是那病中的魂魄，

仍常似那摇荡的秋千索。

有如深夜时候，

哀声的号角寒战。

为了怕人寻问，

总是咽泪装欢。

只有瞒！只有瞒！只有瞒！

附原文：

世情薄，人情恶，雨送黄昏花易落。晓风干，泪痕残。

欲笺心事，独语斜阑。难，难，难！

人成各，今非昨，病魂常似秋千索。角声寒，夜阑珊。

怕人寻问，咽泪装欢。瞒，瞒，瞒！

（收入《蔡其矫诗歌回廊·太阳石》）

译朱熹*诗

晚　霞

太阳不知落在西南的哪一个山峰后面，
它那断断续续的红霞涂在千里的天幕上，
我站在高处楼倚着栏杆眺望，
要等它最后的余晖消失却又怕晚上的凉风。

附原文：

日落西南第几峰，断霞千里抹残红。
上方杰阁凭栏处，欲尽余晖怯晚风。

---

* 朱熹，南宋文学家。

柚　花

春暖时节百花最为茂盛，
素净的和鲜艳的都出现在绿枝上。
洁白浓郁的柚花香气最远，
随着轻风慢慢地向四处飞扬。
南方的土地最多美丽的树木，
失意的诗人只写怨恨的篇章。
空无所有地终日对着暮春，
愁苦至极使鬓发成了白霜。

附原文：

春融百卉茂，素荣敷绿枝。
淑郁丽芳远，悠飏风自迟。
南国富嘉树，骚人留恨词。
空斋对日夕，愁绝鬓成丝。

译辛弃疾*词

鹧　鸪　天

一

想起壮年的时候活捉叛将重整万人的队伍，
穿着漂亮的战袍率领突围的铁骑渡江南下。
半夜里整顿好全副武装，
天明时万箭飞向敌兵的战阵。
追念往日的事迹，
感叹今天的老至：
春风为什么不能把我的白胡须染黑，
却把我上万言平定敌寇的建议，
换来了主人送我去乡村种树。

＊　辛弃疾，南宋词人。

附原文：

壮岁旌旗拥万夫，锦襜突骑渡江初。燕兵夜娖银
胡䩮，汉箭朝飞金仆姑。

追往事，叹今吾，春风不染髭须。却将万字平戎
策，换得东家种树书。

二

溪边草堂中独自躺在竹席上，
水面上一片云黄昏时不见了，
那红莲像醉了互相依靠着，
那白鸟一定是深自忧愁所以不鸣唱。

那愤慨不平的文字，
暂且不再提起了吧，
一丘一壑也能风流自赏呀！
只是不知自己的筋力究竟衰弱了多少，
为什么近来总觉得懒于登楼！

附原文：

枕簟溪堂冷欲秋，断云依水晚来收。红莲相倚浑如醉，
白鸟无言定自愁。

书咄咄，且休休，一丘一壑也风流。不知筋力衰多少，
但觉新来懒上楼。

（此首收入《蔡其矫诗歌回廊·太阳石》）

三

田野上的桑树新枝刚吐出嫩芽，

邻居的蚕种才孵化星星点点的幼虫。

这时候平岗细草上的小黄牛在鸣叫，

夕阳斜穿稀疏的林木照在乌鸦背上。

远山近山之间，

横路斜路之上，

有一家卖酒小店竖起青色的小旗。

城里的桃花李花都在愁风愁雨，

春天只留在小河边的野菜花上。

附原文：

陌上柔桑破嫩芽，东邻蚕种已生些。平冈细草鸣黄犊，斜日寒林点暮鸦。山远近，路横斜，青旗沽酒有人家。城中桃李愁风雨，春在溪头荠菜花。

译姜夔[*]词

扬州慢·过扬州

在长江北面著名的都市，
在运河西岸美妙的地方，
我暂时结束最初的旅程。
经过从前称为春风十里的街道，
看到的尽是初生的麦苗一片青。
自从北方的侵略者来到长江归去后，
这里只剩荒废的池亭和枯焦的树木，
它们好像都在指责那破坏性的战争。
已经是渐近黄昏的时候，
那凄凉的号角吹响在寒风中，
悲伤的音调传遍了这座空虚的城。

---

* 姜夔，南宋词人。

那英俊而被人欣赏的杜牧，

如果现在再来必定要泪落心惊。

纵使他当年描画年轻女子的文词怎高明，

无限风流的梦怎美好，

也难再写出那种最深沉的感情。

虽然二十四桥依然存在，

它们在波浪之间荡漾，

但在寒冷的月光下已寂然无声。

而那桥边的红芍药花呀，

它这些年来究竟是为谁而生！

附原文：

　　淮左名都，竹西佳处，解鞍少驻初程。过春风十里，尽荠麦青青。自胡马窥江去后，废池乔木，犹厌言兵。渐黄昏，清角吹寒，都在空城。

　　杜郎俊赏，算而今、重到须惊。纵豆蔻词工，青楼梦好，难赋深情。二十四桥仍在，波心荡、冷月无声。念桥边红药，年年知为谁生？

　　　　　　（此首收入《蔡其矫诗歌回廊·太阳石》）

赋　　梅

眼前又是旧时的月色，
它曾经有几次照着我
在梅树旁边吹笛？
那笛声唤起心爱的人
不管天气寒冷来把梅花攀折。
诗人如今已日渐衰老，
差不多全忘记了春风一般的词笔。
只怪那绿竹远处的几朵梅花
还把它的清香送入我的座席。

江面上，
正万籁俱寂。
可叹的是回家的道路遥远，
而且昨夜的雪已经堆积。
对着绿色的酒杯容易落泪，
对着红梅无言只在心中相忆。
永远记得我们曾经携手的地方，
无数的梅树压着西湖的雪。
那梅花又片片被风吹尽了，
要到什么时候才能重新见得！

附原文：

　　旧时月色，算几番照我，梅边吹笛。唤起玉人，不管

清寒与攀摘。何逊而今渐老，都忘却春风词笔。但怪得竹
外疏花，香冷入瑶席。

　　江国，正寂寂。叹寄与路遥，夜雪初积。翠尊易泣，
红萼无言耿想忆。长记曾携手处，千树压西湖寒碧。又片
片、吹尽也，几时见得。

琵琶仙·怀人

　　　双桨的船来到的时候，

　　　其中有人好像从前歌唱着的你。

　　　她用扇子轻拂飞落的花，

　　　眉宇间有着极度的哀愁伤悲。

　　　这时候春天已将消逝，

　　　虽然岸边的草木还碧绿，

　　　但听到的只是杜鹃的悲啼。

　　　什么春风十里的扬州，

　　　什么风流再生的杜牧，

　　　从前的事一概都不要说起！

　　　虽然现在又是在灯下对酒听歌，

　　　但在愁苦之中已经匆匆变换了时日！

　　　不过是把满怀的思念，

　　　付与台阶下飘落的榆实。

　　　千条万条密密的纤细柳枝，

　　　为酒杯飞起回舞的柳絮，

我在回忆唱着送别的歌曲

才不久前分手的你。

附原文：

双桨来时，有人似、旧曲桃根桃叶。歌扇轻约飞花，蛾眉正奇绝。春渐远、汀洲自绿，更添了几声啼鴂。十里扬州，三生杜牧，前事休说。

又还是、宫烛分烟，奈愁里、匆匆换时节。都把一襟芳思，与空阶榆荚。千万缕、藏鸦细柳，为玉尊、起舞回雪。想见西出阳关，故人初别。

译刘克庄*诗

落　梅

一片花瓣能使我一次断肠，

把它堆砌起来便可成一垛悲伤的墙。

它飘落如天上的仙人飞过岭，

它坠下像放逐的屈原跳汨罗江。

杂乱地点缀在青苔上数也数不清，

偶然沾住了衣袖很久还留香。

因为东风错误地掌握了花的权柄，

使得被忌妒的高傲之花不久长。

附原文：

　　一片能教一断肠，可堪平砌更堆墙。

---

*　刘克庄，南宋词人。

飘如迁客来过岭，坠似骚人去赴湘。

乱点莓苔多莫数，偶粘衣袖久犹香。

东风谬掌花权柄，却忌孤高不主张。

译赵文[*]诗

咏　梅

不管是栽在堂前还是生于水边，
哪里有什么繁荣与憔悴的不同精神？
应当在香味和颜色之外看它的风韵，
奇怪的是在冰里霜里出现的新春。
天下没有别的花树能同它相比，
大江之南也唯有它没有沦落于风尘。
我要把它当作朴素的玉石来推戴，
并在老年时学它到山中做平凡的人。

附原文：

白玉堂前野水滨，何曾荣悴异精神。
当于香色外观韵，可怪冰霜里有春。
天下无花堪伯仲，江南惟尔不风尘。
欲将素王相推戴，老向山中作素臣。

---

* 赵文，宋末元初词人。

译杨基[*]诗

春　　草

嫩绿的颜色一直伸延到远方，

春天来了就到处蓬勃生长，

在斜阳里使人回想旧日的怨恨，

在细雨中叫人记起新添的忧伤。

在水边几乎分不出歌扇的碧绿，

在花下最能衬托出舞裙的鲜红。

最动人的又是在平川十里的黄昏，

风送笛声中晚归的人们伴着无数牛羊。

附原文：

嫩绿柔香远更浓，春来无处不茸茸。

六朝旧恨斜阳里，南浦新愁细雨中。

---

　　* 杨基，元末明初诗人。

近水欲迷歌扇绿，隔花偏衬舞裙红。
平川十里人归晚，无数牛羊一笛风。

无　　题

刚才还在向瑶台寻觅旧梦的踪迹，
早晨的鸟啼已因景阳宫的钟声断绝。
虽然只薄施红粉偏是这样打扮才娇媚，
倒插的花枝那体态更使人着迷。
如果是站立晚风中一定是蝴蝶错当花蕊，
如果是坐临秋水边一定同荷花相近似，
多情的人呀不要怨恨仙山是怎样遥远，
只隔着一副珠帘也如相离几万里。

附原文：

才向瑶台觅旧踪，曙鸦啼断景阳钟。
薄施朱粉妆偏媚，倒插花枝态更浓。
立近晚风迷蛱蝶，坐临秋水乱芙蓉。
多情莫恨蓬山远，只隔珠帘抵万重。

千 叶 桃 花

清丽的梅花最先开放也最早陨落，
到二月时候它已经显得萧条离索。
墙边一树桃花接着又来展开春天的容貌，
嫩小的绿叶托着含苞的花朵。

早晨细雨打湿了淡红的花瓣，

使春天的颜色更加显得十分娇艳。

一点一滴都由晓露精心培养，

花蕊的形状更非细工所能造成。

春天一来我就到处去寻找桃李，

不想就在东邻看见这茂盛的花枝。

可见伤心的世事也像花一样，

不必辛辛苦苦去跋涉万里。

附原文：

江花先好还先落，二月芳菲已萧索。

掖垣一树独开迟，嫩叶笼苁抱香萼。

朝来小雨浥轻红，春色千重与万重。

点注定知烦晓露，剪裁宁不费春工。

春来到处寻桃李，不道东阑花自美。

伤心世事总如花，何用劳劳行万里。

译于谦*诗

石　灰

经过千锤万击然后从深山里取出来，
又投入烈火中焚烧也一点都不在意，
粉身碎骨全不顾，
为的是要留下清白在人世。

附原文：

千锤万凿出深山，烈火焚烧若等闲。
粉骨碎身全不怕，要留清白在人间。

桑

一年要两次被砍伐枝条，

---

*　于谦，明代诗人。

刚发出新叶又立即被摘掉，

为国家为人民你受了多少痛苦，

却让桃李把春光都霸占了！

附原文：

一年两度伐枝柯，万木丛中苦最多，

为国为民皆是汝，却教桃李听笙歌。

译龚自珍*诗

祭 神 诗

恢复中国的生气只有依靠暴风和雷霆来扫荡阴霾，
人民都不敢说话究竟是最大的悲哀。
神啊！我劝你再一次振作起精神吧，
使各种各样的优秀人物都迅速地成长起来。

附原文：

九州生气恃风雷，万马齐喑究可哀。
我劝天公重抖擞，不拘一格降人才。

---

* 龚自珍，清代文学家。

译鲁迅[*]诗

自　嘲

既是注定要经受无穷的逼害又哪里敢过高要求？
未曾有翻身的天真想法就已经碰得头破血流。
当我经过人多的地方还不得不遮掩自己的容颜，
日子过得就像漏水的船却载酒在激流中沉浮。
让我怒目面对一切强敌的冷嘲热骂，
让我一心一意地做劳苦人民役使的牛。
能躲进内心的世界便有个一统的天下，
管他外面的气候是冷热的冬夏还是雨晴的春秋！

附原文：

运交华盖欲何求，未敢翻身已碰头。
破帽遮颜过闹市，漏船载酒泛中流。
横眉冷对千夫指，俯首甘为孺子牛。
躲进小楼成一统，管他冬夏与春秋。

---

* 鲁迅，1881—1936。

无　　题

千万个面黄肌瘦的人埋没在这荒芜的世界，

如果敢写诗便喊出惊天动地的大悲哀！

个人的失望和怨恨跟广大民众的痛苦连在一起，

于是寂然无声的地方听到了春天那轰响的沉雷。

附原文：

万家墨面没蒿莱，敢有歌吟动地哀。

心事浩茫连广宇，于无声处听惊雷。

（此二首收入《蔡其矫诗歌回廊·太阳石》）

译毛泽东*诗词

为女民兵题照

在早晨阳光照耀的练兵场上，
那持枪站立的姿态多么英武爽朗。
中国青年有着不同的抱负和气概，
不爱鲜艳的衣裙而爱战斗的服装。

附原文：

飒爽英姿五尺枪，曙光初照演兵场。
中华儿女多奇志，不爱红装爱武装。

---

*　毛泽东，1893—1976。

答 友 人

高高的九嶷山上有白云在飞，
姊妹女神乘风从山上降落。
她们手上都拿一枝洒满泪痕的湘竹，
她们身上飘着如万朵红霞的彩衣。

那洞庭湖掀起连天白雪，
那橘子洲的农民唱起动地新诗。
我也要让想象回到广阔的天地，
家乡如今已照耀新阳的红色的光辉。

附原文：

九嶷山上白云飞，帝子乘风下翠微。
斑竹一枝千滴泪，红霞万朵百重衣。
洞庭波涌连天雪，长岛人歌动地诗。
我欲因之梦寥廓，芙蓉国里尽朝晖。

和郭沫若同志

自从世界上掀起了无产阶级的革命风雷，
便有敌对的精灵产生在蜕化的营垒。
唐僧一时受到蒙蔽还能够醒悟，
妖怪既是腐朽的力量便必酿成灾害。

173

火眼金睛的神猴奋然举起威力无比的棍棒，

终于澄清了被漫天迷雾遮断的视界。

今天大家所以都向孙悟空欢呼，

是因为妖精吹起的浓雾又重新来了。

附原文：

一从大地起风雷，便有精生白骨堆。

僧是愚氓犹可训，妖为鬼蜮必成灾。

金猴奋起千钧棒，玉宇澄清万里埃。

今日欢呼孙大圣，只缘妖雾又重来。

长　　征

红军不怕远征的一切困难，

以欢愉的心情走过了万水千山，

湖底山岭不过是涌起的小小波浪，

云贵高原也有如十分普通的泥丸，

金沙江的河水照耀温暖的阳光，

大渡河的铁索桥在风中摇颤，

更让人高兴的是岷山一望无边的冰雪，

全军过了后都无限欢畅。

附原文：

红军不怕远征难，万水千山只等闲。

五岭逶迤腾细浪，乌蒙磅礴走泥丸。

金沙水拍云崖暖，大渡桥横铁索寒。

更喜岷山千里雪，三军过后尽开颜。

忆秦娥·娄山关

当西风吹得正猛烈，
大雁啼叫着飞向天边，
寒冷早晨的一弯淡月，
只听见一阵阵急促的马蹄，
只听见号角，一声声呜咽。
不要说雄关怎样难攻克，
现在我们已迈步从它上面跨越，
只看见苍茫的群山有如海浪，
只看见将落的太阳好比鲜血。

附原文：

西风烈，长空雁叫霜晨月。霜晨月，马蹄声碎，喇叭声咽。雄关漫道真如铁，而今迈步从头越。从头越，苍山如海，残阳如血。

西江月·井冈山

山下看得见隐隐的红旗，
山头听得见一片鼓声和号角。
虽是处在敌军的重重包围中，
却万分镇静而泰然自若。

早已有了坚强的防卫，

而且是军民紧密团结，

终于黄洋界上炮声响了，

报道说敌军已在夜里撤退。

附原文：

　　山下旌旗在望，山头鼓角相闻。敌军围困万千重，我
自岿然不动。

　　早已森严壁垒，更加众志成城。黄洋界上炮声隆，报
道敌军宵遁。

如梦令·元旦

经过宁化、清流和归化，

走的是密林深处铺满藓苔的狭窄小路，

今天要到哪里？

一直指向武夷山下，

看那山下，

风中招展的红旗有如图画。

附原文：

　　宁化、清流、归化，路隘林深苔滑。

　　今日向何方，直指武夷山下。

　　山下山下，风展红旗如画。

清平乐·会昌

东方就要破晓，

不要说你出门早；

那踏遍青山而还未老的人，

懂得这边的风景最好。

看会昌城外的高峰，

蜿蜒一直南下接连着东海，

战士又指着南边广东山岭，

更是一片碧绿青葱。

附原文：

东方欲晓，莫道君行早。踏遍青山人未老，风景这边独好。会昌城外高峰，颠连直接东溟。战士指看南粤，更加郁郁葱葱。

译胡乔木*词

菩 萨 蛮

一

哪怕被神仙锁禁在天上一万年，
毕竟也有英雄能把火种偷给人间。
惊天动地的一声霹雳报告春天来到，
聪明才智的名声如闪电一般在世界传遍。

强劲的东风激扬所有的河海，
但是清流和浊流无论到哪里都一目了然。
亿万人民斗争的志气更加坚强高涨，
少数反动派为新的失败而忧愁哀伤。

---

* 胡乔木，1912—1992。

二

意气轩昂的七亿人民有移山填海的雄心壮志，
怎么能够长久地屈辱于做奴隶的地位！
要用劳动的双手扭转世界的潮流，
要让自然界认识它新的真正的主人是谁。

巨大的蘑菇状的浮云向西北游去，
人民的心头就像孔雀在开屏舞蹈。
这一晚上世界发生了异于寻常的情景，
好像无边的天风在吹送滚滚海上的浪涛。

三

攀越千山万水看作是极其寻常的事，
真正的英雄不认识有什么"艰难"两字。
科学上社会上的奇迹总是由人创造，
登高未必就会使人觉得自卑。

到了山上心胸更是无比的开阔，
蓬勃的生命气息充溢着天地。
进入眼里全是壮人心怀的景象，
为前面更高的山峰而满心欢喜。

四

西风吹拂着残照夕阳和昏沉沉的雾，
东方红日辉耀的地方升起霞光如柱。

在雾的黑暗里有许多鬼怪在横行，

而霞光飞舞下四海都在歌唱欢腾。

那红霞做成的旗帜飘扬四海，

它宣布了千年未有的伟大的真理，

要和酿造无数罪恶的迷雾一起消失，

化为照耀万丈的光辉的日月。

五

自从有历史记载以来就是人民和压迫者斗争，

压迫者存在的时候怎会有海晏河清？

今日强有力的武器掌握在人民手里，

预见到未来全世界将有永久的和平。

这武器属于全世界三十亿人民，

重重密密地把战争的发源地围困。

把压迫者彻底打倒后将唱起最强者的凯歌，

就连天上的长风也发出欢乐的笑声。

附原文：

一

神仙万世人间锁，英雄毕竟能偷火。霹雳一声春，风流天下闻。

风吹天下水，清浊分千里。亿众气凌云，有人愁断魂。

二

昂昂七亿移山志，忍能久久为奴隶！双手扭乾坤，教天认主人。

浮云西北去，孔雀东南舞。情景异今宵，天风挟海潮。

三

攀山越水寻常事，英雄不识艰难字。奇迹总人为，登高必自卑。

登临何限意，佳气盈天地。来者尽翘翘，前峰喜更高。

四

西风残照沉昏雾，东方红处升霞柱。雾暗百妖横，霞飞四海腾。

霞旗扬四海，壮志惊千载：愿及雾偕亡，消为日月光！

五

从来历史人魔战，魔存那得风波晏？此日揽长缨，遥看天地清。

长缨人卅亿，垓下重围密。魔倒凯歌高，长天风也号。

水 龙 吟

一

革命的火种传到东方燃起照耀天地的烈焰。

农家少年心怀天下，万众一心奋勇向前。

数年过去后江河沸腾，天地改变，当时的战阵扩大了，
    在困难里包含着生机无限。

早晨的钟声响，战士齐唱胜利的歌。

鲜明的旗帜，正确的思想，像北斗的星光。

雷一样的文章，爽朗的谈笑使敌人惊慌。
唤起群鹰一同上升高天驾驭着长风。

二

开辟新纪元的伟大的列宁的事业谁来继续？
在炮火中经过三十年的奋战才产生了后起之秀。
当外患内乱的时候最能认清谁是真正的朋友。
那帝国主义和反动派渺茫迷梦是不是醒了？

地球上还有什么能比九亿人民的联盟更加强大？
它关系到历史的命运、世界的前途和人民的安康。
重大的责任要求有远大的眼光和掌握全局的能力，
要同心合力驾驶历史的船冲破风浪和雷电前进。

三

抬头看西北的浮云，不知那下面的大地情况怎样。
当年绿草如烟的花园，变成了狐狸野兔的洞穴。
人民沉迷于个人的幸福生活而丧失了革命的斗志。
并且大权落入奸人的手，旗帜拜倒西方。

那绝路是不能再走呀，为什么船还不回来？
走得太远的迷途的羔羊不要送给虎豹的口，
要爱惜家园中需要灌溉的青苗，要铲除荆棘。
趁着人民的革命意志高涨，能一起再造新世界吗？

四

原来这是一只旧世界来的资产阶级的政客，
新妆掩盖不了故态，它怀恋那异国的生活。
看不起穷人，抛弃了朋友，一味自吹自擂。
忽然灾祸降临，一下子失了权柄，好不惨淡！

怎么会一年又一年地被一些人捧上了天？
像儿戏一般把人民的命运寄托给外国的主子，
十年的乱言不过只留下让苍蝇飞集的粪秽。
但愿我们的子子孙孙高举宝剑肃清这些造孽。

五

当作反面教员倒是可以做一个千古的榜样。
对同志如同对敌人，对敌人却称兄道弟。
说什么创造性的主义，拿谎言骗取信任。
什么三言两语说得天花乱坠，不过归于尘土。

池水干了就看得见小鱼，而谁又是大海的巨鲸？
病了却用新汤旧药怎能够经受多煮几回？
大树倒下了，失散的鸟花在互相叫唤。
要接受失败的教训，看清全世红旗在飘舞。

六

十年的政治舞台的生活不过是一场梦罢了。
当初的胡说八道就能得到永久的供奉。
倾家的败子有如落红在路边被风吹送。
那时候拜倒敌人脚下还被看作是有名说客。

看惯了小小蚁冢的昆仑山巍然独立。
所有的河山只等待一声怒吼而汹涌澎湃。
自然是有情的，却不理蜉蝣在埋怨地球移动。
看那无边的青草地上春天的莺燕又回来了。

七

请问古往今来的辉煌的文化是谁创造？
那是忍饥挨饿过着牛马生活的千年奴隶呀。
历史开了新篇，南方和北方都已红光普照。
说狼羊能够相处，到底谁肯做无谓的牺牲。

革命的炮声震动山河直入云霄。
全世界都在风起云涌跟随斗争的大旗，
那兴波作雾的妖魔正在被横扫。
有如漫天的雷雨卷起雪浪把冰山推倒。

附原文：

一

星星火种东传，燎原此日光霄壤。茅庐年少，斯民在
抱，万夫一往。几度星霜，江河沸鼎，乾坤反掌。喜当年

赤县，同袍成阵，寒风里，生机旺。

破夜洪钟怒响，起征人晓歌齐唱。东风旗帜，南针思想，北辰俯仰。雷迅文章，风生谈笑，敌闻胆丧。唤鹰腾万仞，鹏征八表，看云天壮。

二

开天辟地神威，列宁事业前谁偶？一声炮响，卅年血战，双枝并秀。边寨惊烽，萧墙掣电，岁寒知友。笑涎垂虎吻，心劳鼠技，分荆梦，今醒否？

九亿金城深厚，问全球此盟何有？八方风雨，万邦忧乐，千秋休咎。任重途长，天看旗帜，地看身手。要同舟击楫，直须破浪，听风雷吼。

三

举头西北浮云，回黄转绿知多少。当年瑶圃，穴穿狐兔，可怜芳草。目醉琼楼，神驰玉宇，沉沦中道。更元奸移位，长城自毁，旌旗暗，迷残照。

绝域不堪终老，怎天涯犹迟归棹？远行应念，亡羊歧路，甘人虎豹。珍重家园，良苗望溉，顽荆待扫。趁投鞭众志，何当共驾，再乾坤造？

四

旧时王谢堂前，似曾相识归来燕。新妆故态，异乡征逐，画堂依恋。羞贱骄贫，抛亲弃侣，衔泥自羡。忽火飞梁坠，一朝零落，梦犹怨，君恩浅。

秋去春来何限，怎滔滔竟尊冠冕？朱门命寄，苍生儿戏，风云色变。十载簧言，万年粪秽，蝇趋菌衍。愿孙孙子子，矢清遗孽，奋除妖剑。

五

算来反面教员，先生榜样堪千古。相煎如虏，鞭尸如虎，临危如鼠。口唱真言，手挥宝篆，若呼风雨。甚三无世界，两全党国，天花坠，归尘土。

涸辙今看枯鲋，定谁知明朝鲂鳏？膏肓病重，新汤旧药，怎堪多煮？恨别弓惊，吞声树倒，相呼旧侣。看后车重蹈，愁城四望，尽红旗舞。

六

居然粉墨登场，十年一觉邯郸梦。当初直料，雌黄信口，香花永供。逆子倾家，残红傍路，惊风忽送。忆连横魏客，称儿晋帝，争道是，真龙种。

惯见蜣丸蚁冢，任纷纭昆仑自耸。江山有待，一声狮吼，万旗云涌。天意多情，蜉蝣空怨，地轮飞动。看连天芳草，莺迁燕返，又春光重。

七

问君古往今来，皇皇文化何人造？千年奴隶，生涯牛马，看人醉饱。史页新开，天南地北，赤光普照。说狼羊共处，今谁偏应，膏牙爪，甘镣铐？

革命一声号炮，动河山直穿云表。风追骐骥，光寒剑戟，奋锄强暴。作雾蚩尤，含沙鬼蜮，妖氛直扫。乘摇空雪浪，漫天雹雨，指冰山倒！

贺新郎·看《千万不要忘记》

这是一幕惊心动魄的戏剧。
记载的是极其寻常的亲家的笑脸，
但它隐藏着极其危险的腐朽思想。
正在青春岁月的男女青年呀，
却做了骑瞎马临深渊的醉人。
不是立志要做鸿雁飞翔万里吗？
为什么却又如燕雀留恋小小的屋宇，
难道去落宿在芦塘会妨碍冲天的翅？
还是把天下人的快乐当作自己的快乐，
这样的快乐才是无可比拟的。

感谢作者怀着无限的热忱来写戏。
而这时候又正是世界风云在变色，
斗争一刻也不能停止。
当年的美好事物现在怎样了？
不要说什么豺狼会摇尾乞怜，
又化道看不见战争的硝烟在升起？
细小的水滴也会穿透石壁，
怎能让江山被蚂蚁腐蚀了，
只要阶级存在一天，
人们就千万别大意。

附原文：

> 一幕惊心戏。记寻常亲家笑面，肺肝如是。镜里芳春
> 男共女，瞎马悬崖人醉。回首处鸿飞万里。何事画梁燕雀
> 计，宿芦塘那碍垂天翅？天下乐，乐无比。感君彩笔殷勤
> 意。正人间风云变幻，纷纷未已。兰蕙当年今何似？漫道
> 豺狼摇尾；君不见烽烟再起？石壁由来穿滴水，忍江山变
> 色从蝼蚁？阶级在，莫高睡。

六州歌头·国庆

无边无际的大陆，回头看已经过几千年。

有众多的人民，一向勤劳勇敢，建立过无数功勋。

可是竟然蒙着尘土！黑夜悠长又添上严寒封锁。

英雄的民族，为追求自由举起反抗的旗帜浴血前进。

正觉得途穷时，忽然一声春雷，天边送来马列主义。

可喜的是江山统一了，雄心壮志能够展开了；

工人和农民一齐奋发，定出伟大的建设的计划。

兄弟遍及六大洲，在一条船上驾驭东风前进，

却又有谁播弄争端，兴起争论，出卖亲友，投降敌人。

向帝国主义献媚求宠，一派无耻嘴脸。

不想竟然会有这样的猛火把全界烧遍。

但是，到处依然是春天正浓。不信，登高远望，

那战斗的红旗直达天空，早晨的太阳正升起在东方。

附原文：

> 茫茫大陆，回首几千冬。人民众，称勤勇，挺神功。
> 竞尘蒙！夜永添寒重。英雄种，自由梦，义竿耸，怒血进。
> 讶途穷。忽震春雷，马列天涯送。党结工农。任风惊浪恶，
> 鞭影指长虹。穴虎潭龙，一朝空。
>
> 喜江山统，豪情纵；锤镰动，画图宏。多昆仲，六洲
> 共；驾长风，一帆同。何物干戈弄，兴逆讼，卖亲朋，投
> 凶横，求恩宠，媚音容。不道人间，火炬燃偏猛。处处春
> 浓。试登临极目，天半战旗红，旭日方东。

沁园春·杭州感事

> 庄严宁静的秋天的山峰，
>
> 光明生动的秋天的湖水，
>
> 奔腾激荡的秋天的江潮。
>
> 这是一年中最美丽的景色，
>
> 采莲姑娘的小船在月下荡漾，
>
> 而岸上隐在黑暗中的金黄桂花，
>
> 向四处散放一阵阵醉人的芬芳。
>
> 球球的棉桃镶裹着白雪，
>
> 无边的梅海翻滚着金浪，
>
> 丰饶的秋天呀，是从田地上生长。
>
> 最叫人高兴的是，
>
> 有勇敢的弄潮人健在，
>
> 不怕任何恶浪狂澜。

从来都是这样宣扬，

说杭州是天堂，

笑它从前和现在有如泥土和云彩，

怎么能够比量！

就算是它曾经繁华一时吧，

也不过是埋有英雄的热血；

只有到现在的劳苦工农，

才开始施展创造新世界的才能。

土制的木偶还在欺压青山，

艳名的骸骨还在祸害绿水，

西湖呀，还蒙被旧日留下的羞辱。

谁能和我一起，

挥动新时代的笔，

把所有的荒唐都扫除干净。

附原文：

穆穆秋山，娓娓秋湖，荡荡秋江。正一年好景，莲舟采月；四方佳气，桂国飘香。雪裹棉铃，金翻稻浪，秋意偏于陇亩长。最堪喜，有射潮人继，不怕澜狂。天堂，一向喧扬，笑今古云泥怎比量！算繁华千载，长埋碧血；工农此际，初试锋芒。土偶欺山，妖骸祸水，西子羞污半面妆。谁共我，舜倚天长剑，扫此荒唐！

水调歌头·国庆夜记事

今天晚上是怎样美丽的一个晚上呀，
到处都是一片欢乐节日的光辉。
那十里长的长安大街上，
火焰做成的树木映照风吹动的红旗。
千万人的心花一齐在怒放，
一阵阵歌声的浪潮在上涌，
它们仿佛又都变成五彩的星在飞驰。
白日也没有这样的灿烂，
月亮也完全被淹没在光辉里。

来自国外的朋友呀，
现在不舞还要等待何时？
我要回到青春年少的时代，
欢乐到天亮也不推辞。
人间的天堂确实有，
全世界的穷苦人团结起来，
要走的道路还有什么猜疑？
相隔途远来在风云中会合，
要拿起战斗的武器。

附原文：

今夕复何夕，四海共光辉。十里长安道上，火树映
红旗。

万朵心花齐放，一片歌潮直上，化作彩星弛。白日羞光景，明月掩重帷。

天外客，今不舞，欲何时。还我青春年少，达旦不须辞。

乐土人间信有，举世饥寒携手，前路复奚疑。万风景点风云会，只用一戎衣。

⊙ 英译汉

译沃尔特·惠特曼*诗

给一个受挫折的欧洲革命家

一

还要勇敢！我的兄弟我的姐妹！

继续前进！无论什么事情发生，自由总是要坚持的！这算不了什

　　么，要是给一次两次的失败或几次的失败所压制，

或是给人们的冷淡漠视或忘恩负义，或给任何不忠实所压制，

或是给权威的毒牙、兵士、枪炮、刑法所压制。

反叛！再反叛！反叛！

我们所坚信的，永远潜伏地等待着，遍及一切大陆，一切海上

　　的岛屿和群岛；

---

　*　（美国）沃尔特·惠特曼，1819—1892。

我们所坚信的，不逢迎哪一个，不随便允许，坐在宁静与光明

　　中，是自信而泰然自若的，不知道什么叫沮丧，

耐心地等待着，等待它的时刻。

（这些不仅是忠义之歌，

而且也是反叛之歌；

因为我是全世界每一个不怕死的反叛者的发了誓的诗人，

跟着我走的人，要把平和与常规丢在他的后面，

而且拿出他的生命，准备在任何时候抛掷。）

二

反叛！打倒暴君！

战斗带着多次激昂的警号和不断的前进与退却而更加剧烈起来，

邪道取得了胜利——或假设它取得了胜利，

那么，监牢、刑台、绞架、手铐、铁枷和脚镣，执行它们的工作，

有名和无名的英雄去到另外的世界，

伟大的演说家和著作家被放逐——他们在遥远的国度卧病，

正义偃息了——最坚强的喉咙噤声了，为他们自己的鲜血所咽住，

年轻人相遇的时候，向地上垂着他们的睫毛，

——但是，即使是这样，自由并没有走出这块地方，邪道也不

　　能取得完全的统治。

当自由要走出一块地方，它不是第一个走，也不是第二个或第

　　三个走，

它是等其余的人都走了之后——他是最末的一个。

当那里的人们对英雄与烈士不再记忆，

当所有的生命和所有的男人与女人的灵魂从地球任何一块大地
　上灭亡，

只有在这个时候，自由或自由的观念，才会在那块土地上灭亡，

而邪道才进入完全的统治。

三

还要勇敢！欧洲的男革命家和女革命家！

因为，即使一切都停止了，你们还是不能停止。

我不知道你们争取什么，（我不知道我自己争取什么，也不知道
　任何东西争取什么，）

但是我要仔细寻求它，即使在受挫折中，

在失败、穷困、误会、监禁中——因为它们也是伟大的。

反叛！用枪弹向暴君射击！

我们想胜利是伟大的吗？

它是的——但现在照我看来，在不可避免的时候，失败是伟大的，

而且死和惊恐是伟大的。

欧　　洲

——美国第七十二年和七十三年

一

突然，它从发霉的昏昏沉沉的墓地，奴隶们的墓地，

像闪电一样它一跃而出，连自己都觉得有些惊奇，

它的双脚踏在灰烬和瓦砾之上——它的双手扼紧帝王的咽喉。

呵，希望和信仰！

呵，被放逐的爱国者生命痛苦的收场！

呵，多少颗憔悴了的心！

都返回到这日子来吧，都使你们自己甦醒起来。

而你们，被供养来行辱人民的、你们这些骗子，注意！

不管有多少的痛苦、阴谋、贪欲，

不管用种种卑鄙的方式进行公开的抢劫、利用穷人的诚实剥削
　　他们的工资，

不管从皇帝的嘴上发出无数诺言，而又撕毁了，而且在撕毁中讥笑，

终于，在他们的权威下，不管这一切，举起报复的铁拳，或贵
　　重的头颅滚落；

人民蔑视帝王的凶暴。

二

但是，宽恕的甜蜜酿成了苦味的毁灭，受惊恐的帝王回来了，

一个个都威武地回来了，同着他们的随从——刽子手、牧师、
　收税官，

士兵、律师、领主、狱吏和告密人。

可是，在这一切阴霾的后面，偷偷地走来了——看哪，一个影子，

像黑夜一样模糊、头部颜脸和形体全都裹在猩红的长袍中，

他的脸容和眼睛没有人能够认清。

从他那长袍外面只看到这个——那红色长袍为一只手臂举起，

露出一个弯弯的手指，高高地指向高处，好像蛇的头。

三

这时候，尸体躺在新造的坟墓里——年轻人血淋淋的尸体；

绞架的绳子沉重地挂着，王子们的枪弹飞舞，掌握权威的人高
　声大笑，

而这一切的事物都结了果实——而这些果实都很好。

那些年轻人的尸体，

那些挂在绞架上的殉难者——他们的心为灰色的弹丸所贯穿，

他们看起来好像冰冷而且凝止，其实却活在别的地方，带着未
　被屠杀的生机。

他们活在别的年轻人的身上，呵，帝王呀！

他们活在兄弟们的身上，又要准备反抗你们！

他们被死所净化——他们已经受教训而被提高。

没有一座为自由而被杀害者的坟墓，不生出自由的种子，循环
　　不息地再生出种子，
风又把它带到远处重行播撒，而雨和雪来滋润它们。

没有一个脱离肉体的灵魂，会被暴君的武器所消灭，
但他却会在大地上潜行，密语着、商量着、警戒着。

四

这房子关着吗？主人不在吗？
可是，也要准备好呀——别等得不耐烦；
他马上就要回来——他的报信人马上就要来到。

当紫丁香最近在庭院里开放

一

当紫丁香最近在庭院里开放，
当巨星早早地在晚上西方的天边沉落，
我感到悲伤——且将在每一次去而复回的春天感到悲伤。

呵，永远去而复回的春天，你必定带给我三样东西：
连绵开花的紫丁香，沉落西天的星，
和对我所爱的他的思念。

二

呵强有力的，在西天下垂的星！

呵夜的阴影！呵忧郁的含泪的夜！

呵巨星消失了！呵遮蔽星光的阴沉的黑暗！

呵执握无力的我的残酷的手！呵我的无助的灵魂！

呵横暴的团团围拢来的云，那将使我的灵魂不得自由！

三

在一座古老的农舍前面的庭院里，靠近白垩的栅栏，

站着紫丁香小树，它茂盛地生长着，有深绿色的心形叶子，

有点点丛集的花球，向上的，柔美的，有我所爱的浓烈芬芳，

每一瓣都是一个奇迹……以庭院里这株小树，

带着淡色的花蕊，和深绿色的心形叶子，

我折下一小枝，带着它的鲜花。

四

在沼泽中，在僻静的深处，

一只羞怯而隐藏起来的小鸟颤声唱一支歌。

那孤独的画眉，

那隐居者，把自己藏起来，退避人间，

为自己唱一支歌。

咽喉沥血的歌！

死的生命消逝的歌——（那么，亲爱的兄弟，我知道啦
要是你生来没有天赋歌唱，你必定情愿死去。）

五

横过春天的胸膛——大地，穿过城市，

穿过山径，也穿过古老的森林，（那里新近有紫罗兰从地面向上
　　窥望，点缀在灰暗的石片中）

穿过山路两旁田野的草丛——经过无边的草地；

经过铺满黄金麦穗的深棕色田野，每一支麦穗都是从叶丛中向
　　上举起；

经过果树园中开着白花和粉红花的苹果树下；运载着一具棺木
　　日夜行走，

要到它可以永息的墓地。

六

当行进中的棺木经过大街和小巷，

当它经过白天和黑夜，此时有遮暗大地的大块云影，

有卷起来的旗帜的行列，和垂着黑色帷幕的城市，

有各州人民自动举行的仪式，好像穿丧服的妇女似的肃立着，

有那在晚上点着火把的漫长蜿蜒的队伍，

有那无数的火炬的光——和那颜脸如沉默的海洋，和看不清的
　　万头的攒动，

有那当棺木到达时拥挤着无数阴沉的面容的等候站，

有整夜唱着的挽歌，和那升起来的雄壮严肃的万众的声音，

有那倾泻到棺木四周的哀歌的全部悲呼，

灯光黯淡的教堂和悲颤的风琴声，无论你行经何处总是这些，

有那敲打着，敲打着的丧钟悠长的响鸣；

这里！缓慢通过的棺木，

我献给你以我的紫丁香花枝。

七

（不仅献给你、献给一个人；

我带来的鲜花和绿叶给一切死者：

献给像早晨一样新鲜的死者——如此我将为你们唱一首赞美歌，

　　呵，健全的神圣的死者。

已经盖满了玫瑰的花束，

呵，死者！我也要给你们盖着玫瑰和早开的百合，

但现在最先开花而且最丰盛的是紫丁香，

我从那树上折下最美的花枝，

拿在手上我来了，抛掷给你，

给你和你们一切死者。）

八

呵，航行在空中的西方的星！

现在我已明白你必定暗示过的究竟是什么，当一个月前我们散

　　步的时候，

当我们往返徘徊于如此神秘的青色的黑暗中，

当我们静静地散步在透明的多影的夜，

当我看出你好像要告诉我些什么，当你夜夜向我低俯下来，

当你从天空的低处坠落，好像就在我身旁，（这时其他的星都在
　　注视；）

当我们一起在庄严的夜晚漫行，（为某些我所不知的东西，使我
　　久久不能入眠；）

当夜在深沉，我在西天之边看见了，当你沉没之前，你是如何
　　充满了悲伤；

当我在微风中站在高地，在那凉爽的透明之夜，

当我守望着你在那里经过，并且走入黑暗的下方，

当我的灵魂，在它的烦恼中、不满中陷于衰弱的时候，当你在
　　那里，悲伤的星，

不再照耀，在黑夜里沉落并且消逝的时候。

九

唱下去，那在沼泽中的！

呵，羞怯的温柔的歌者！我听到你的歌调，我听见你的呼唤；

我听见——现在我来了——我了解你；

但我要耽搁一会——因为那光明的星阻留了我，

那颗星，我的分别中的伙伴，握着我阻留我。

十

呵，我将如何为我所敬爱的死者颤声歌唱？

我将如何为那已逝去的伟大美丽的灵魂而装饰我的歌？

又以什么样的薰香我可以奉献于我所爱的他的坟墓？

海风，自东方和西方吹来，

自东方的海上吹来，自西方的海上吹来，直到这里在草原上相遇，

这些，用这些，我的诗歌的呼吸，

我来薰香我所爱的他的坟墓。

十一

呵，我将用什么悬挂在室内的墙上？

什么样的图画我可以悬挂在那墙上，

来装饰我所爱的他的幽宅？

那将是生长的春天，农田和房舍的图画，

有日落的四月的黄昏，和澄清的光明的烟云，

有壮丽的摇曳的落日金光的泛滥，燃烧着，散布在空中；

下面有新鲜甘美的牧草，和繁生的树木的幽暗绿叶；

远方流动的反照，河的胸膛，有风的痕迹从这边到那边；

有成行的山立在水边，以多层的轮廓对衬着天空和倒影；

还有城市在近处，有稠密的房屋和成群的烟囱，

和一切生活的实况，和作坊，和正在走回家的工人们。

十二

看哪！这大地的实质和精神！

伟大的曼哈坦，有教堂的尖塔，和闪烁滚进的浪潮，和船只；

多样的丰富的大地——光明的南方与北方——俄亥俄海岸，发

　　亮的密苏里。

和永远铺盖着青草和稻谷的无边辽阔的草原。

看哪！那最华美的太阳，这样平静而又岸然，

青色与紫色的朝晨，有拂面的微风；

那温柔的，在宁静中发展的，无限的光明，

好像是一个奇迹，扩展着，沐浴一切——那全盛的中午，

那随着来的愉快的黄昏——那受欢迎的夜晚，和那星光，

在我们城市的上空照耀万物，笼罩着人和大地。

十三

唱下去，唱下去，你棕灰色的小鸟！

在沼泽中，在低洼处唱着——从灌木丛中发出你的歌声，

没有限制地从薄暗中，从杉松的林中扩散出来。

唱下去，亲爱的兄弟——唱你的芦笛似的歌声，

响亮的人性的歌声，用至大悲哀的声音，

呵自由，流畅，哀伤的声音！

呵使我的灵魂粗野而无羁的声音！呵奇异的歌者呀！

我只倾听你的……此外还有星星支配我，（但不久我将离去）

还有紫丁香，以微妙的芬芳支配我。

十四

现在，当我在白天坐着向前眺望，

明亮的黄昏，春天的田野，农夫正在辛劳地耕作，

我的国土广大的尚未深知的风景，有着它的湖泊和森林，

美丽的晴朗的天空，（在暴风雨之后）

在迅速消逝的日暮的苍穹下，有妇女和小孩的声音，

动荡不息的波涛——我看见船只在航行，

夏天带着丰足来临，田野到处是纷忙的劳作，

无数分列的房屋，它们连绵不绝，每一座都忙于餐事和日常琐事；

大街、它们悸动的脉搏在跳动，城市拥挤着看哪！就在这时候，

　　就在那里，

降落在一切之上，也在它们的之中，将我和其他的都包蔽住了，

出现了一片云，出现了长条的黑色烟缕。

我知道了死，死的思想和死的神圣的知识。

十五

这时，那死的知识好像就在我的身边走着，

而死的思想靠着我的另一边走着，

我在中间，如同在同伴中间，也好似握着同伴的手，

我急忙逃开，到收藏我的无言黑夜中，

下到水滨，经过薄暗中的沼泽旁小路，

到那庄严多影的杉林，到那寂静幽暗的松林。

那对一切都感到羞涩的歌者接纳我；

我知道那棕灰色的小鸟，它接纳我们三个；

它所唱的多么像是死的颂歌和对我所爱的他的哀辞；

从深邃的隐蔽的低洼处，

从那芬芳的杉林和寂静幽暗的松林，

传来了小鸟的歌声。

歌声的和美使我销魂，

就像在黑夜中我握着我的同伴的手一样，

我的灵魂的呼声也应和着这小鸟的歌声。

十六

来，可爱的慰藉的死，

像波浪般围绕这世界，宁静地来到了，来到了，

在白天，在黑夜，向一切人，向每个人，

早些或迟些，善于体贴的死。

赞美这无垠的宇宙，

赞美生命和快乐，赞美一切新奇的事物和知识，

赞美爱，称心的爱——但赞美吧！赞美吧！赞美吧！

赞美冷冰冰的死的纠缠的两臂。

黑暗的母亲，常常滑翔在近旁，以轻软的脚步，

没有一个人唱着全心全意欢迎的赞歌来歌颂你吗？

那么我为你唱这支歌——我赞美你高于一切；

我献给你一支歌，当你必然到来的时候，毫不踌躇地到来。

向前来，强有力的拯救者！

当你既然已经取去了他们，我欢欣地歌唱那死者，

在爱情中消逝，在你的海洋中漂流，

在你祝福的洪流中沐浴，呵，死者！

我为你唱着欢乐的夜曲，

我要为你跳舞，向你致敬——为你装饰并开庆祝的欢宴；

开阔的地面上的景色与高远的天空相应和，
众生的田野，巨大而沉思的黑夜。

那黑夜，在沉默中，在繁星下，
那海岸，有低声耳语的波浪，它的声音为我所熟知，
灵魂正在转向你，呵茫茫而缥缈的死者，
肉体也向你靠近求得快意的归宿。

越过树之尖顶我飘送这支歌给你！
越过起伏的波浪——越过千万的田地和辽阔的草原，
越过一切稠密拥挤的城市，和繁盛的埠头与马路，
我飘送这支欢乐的颂歌欢迎你，呵死者！

十七

作为我灵魂的标志，
那棕灰色小鸟继续大声而勇壮地唱着，
以清新的沉思的歌调，扩展开来充满了黑夜。

在浓密的杉松的林中大声唱着，
在凉爽的湿气中和沼泽的清香中清晰地唱着，
而我和我的同伴都在那黑夜中停立。

这时我那被我的眼界限制的视线突然放开了，
而看见了幻想的全景。

十八

我看见了无数的军队，

我看见，如同在无声的梦里，千百万战阵的旗帜，

我看见它们穿过炮火的烟雾，并为流弹所射穿，

举得更高更远穿过烟雾，被撕碎了，染着鲜血，

最后只剩很少的碎片留在旗杆上，（一切都已沉寂）

所有的旗杆也劈裂和折断了。

我看见无数战死者的尸体，

年轻人的白骨——我看见：

我看见武器的残屑和战死者士兵的碎物；

我知道他们在那里是不再有知觉的了；

他们已完全休息了——他们不觉得痛苦；

只有生者感到痛苦——母亲感到痛苦，

妻子和孩子，以及沉思中的朋友感到痛苦。

还有那些活着的战士感到痛苦。

十九

幻想过去，黑夜过去，

过去，我的同伴的手的不能摆脱的支配，

隐藏的小鸟的歌声，我灵魂的歌声过去，

（胜利的歌声，死之消逝的歌声，永远复杂而多变的歌声，

虽然低抑而悲伤，但却是清澈的歌调，升起又降落，泛滥在黑夜中，

忧愁地沉落与暗淡下去，然后又再以欢乐的声音爆发，

笼盖大地充溢开阔的天空，笼盖大地，

如同我那晚上在低洼处听到的那雄壮的赞美歌一样，)

过去，我离开你，你带着心形叶子的紫丁香；

我离开你，你那在庭院里开花，同春天一同回来的紫丁香。

我停止对你的歌唱；

我转过视线面向西天，和你交谈，

呵，在黑夜中银光灿烂的朋友。

二十

但我仍然记住每一件以及一切，从那黑夜中恢复过来；

那歌声，那棕灰色小鸟奇异的歌声，

和发自我灵魂的回响，

同那闪烁的沉落的星，带着充满悲伤的脸容，

同那茂盛的紫丁香，和它的薰香的花朵；

同那握着我的手的同伴，近处有小鸟的叫唤，

我的同伴，我在他们中间，永远记住他们，为我如此敬爱的死者，

为我一生中，我国土上，最美丽最智慧的灵魂，为着他的缘故；

紫丁香和星和小鸟，与我的灵魂的歌唱相拥抱，

在那里，在芬芳的松林与幽暗浓密的杉林中。

（此三首收入《蔡其矫诗歌回廊·太阳石》）

译威廉·亨利·戴维斯*诗

闲　　暇

这叫什么生活，假若老是忙碌
我们没有时间站一站，看一看。

没有时间站在树枝下
像羊和牛那样长久观望。

没有时间看，当我们走过树林
那里的松鼠藏它们的果壳在草丛。

没有时间看，在广阔的阳光中
溪流像夜空那样布满星星。

＊　（英国）威廉·亨利·戴维斯，1871—1940。

没有时间回顾美女的流盼

并且注意她的脚怎样起舞蹁跹。

没有时间去等待她的嘴

会在她眼睛开始微笑出现丰富表情。

这样的生活多么贫乏，假若老是忙碌

我们没有时间站一站，看一看。

译弗罗斯特[*]诗

两 条 路

两条路在金色的树林里分开
很可惜，作为一个过路人
不能同时踏上两条，我站立
向一条路远远望去
直到它弯入丛林深处

随后走一条，同样美好
也许条件更加妥当，
那里碧草如丝，欢迎我踏步
虽说那过路的消耗
对于两条路实在差不多

---

* 弗罗斯特，1874—1963。

那个早上，两条路同时伸展
还没有脚步踏黑堆积的树叶
啊，第一条我留待来日
虽然知道道路本来相通
我仍怀疑能否回来

此后年年岁岁，在某个地方
我一再感叹这件事：
两条路在树林分开，而我——
我走上少有人行的一条
这就造成了一切差异。

译约瑟·基密尔[*]诗

树

我想我将永远不会看到
一首诗令人爱惜像一棵树

这棵树是以饥渴的嘴
紧贴着大地甜蜜波动的胸脯；

这棵树整天看着上天
举起它繁枝密叶的手在祈祷；

这棵树将在夏天顶戴着
一个红胸鸟的巢在它枝头；

---

[*]　（美国）约瑟·基密尔（现译乔埃斯·基尔默），1886—1918。

在那上面铺着薄雪；
它与雨一同生活。

诗是像我这样的傻子做的，
而只有上天才能创造一棵树。

译舒特格兰*诗

无　　题

一

白日冷冷向黄昏……

从我手掌啜取温暖，

它与春天有同样血脉。

捉我手，捉我雪臂，

捉我纤弱细肩的想望……

多么奇妙，我感到，

一个孤独之夜似今晚，

你沉重的头靠在我胸前。

二

你投掷爱情的红玫瑰，

＊　（芬兰）舒特格兰（现译伊迪特·伊蕾内·索德格朗），1892—1922。

进入我纯洁子宫，

我以炽热的双手握住，

那即将枯萎　你爱情的红玫瑰……

凝霜眼眸的主啊，

我接受你给我的花冠，

它把我的头压向我的心。

三

今天，第一次，看见我的主。

我颤抖，我立刻认出他。

我已经感知他沉重的手在我的弱臂……

那里是我响彻少女的笑声，

得以昂头的女性的自由？

现在我感知他紧压我的颤体，

现在我听见现实刺耳的铃声，

撞击我绝对纯静的梦。

四

你打量一朵花朵，

而找到一粒果实

你打量一流水，

而找到一片汪洋

你打量一个女人，

而找到一颗心

你是失恋者。

一　　愿

在我们充满阳光的世界

我只要一样东西：园中长凳

有一只猫在阳光中……

我要坐在那里，

怀中有一封信，

一封单页短信，

那是我的梦……

无　　题

从我的青春时给自己带来紫色黎明，

光身的处女与飞驰中

半人半马的怪物嬉戏……

金色阳光的日子以辉煌的一瞥，

仅有的一道光线向软心肠的女体表示特殊敬意，

男人不能得到，从未曾有过，也永远不能……

男人是一面峭壁的哈哈镜，

被愤怒地掷向太阳女儿身边。

男人是一则谎言，对诚实孩子是不可能理解

男人是为自尊之唇所厌弃的烂果。

美的姐妹，来登上最坚岩石，

我们都是女战士，女英雄，女骑手，

无邪的眼睛，天穹的眉，玫瑰花蕾，

沉重的激浪和高飞的鸟，

我们是最小要求和最深的红色，

虎的斑点，拉紧的弦，无畏的星。

现 代 处 女

我不是女人，我是中性的。

我是一个孩子，一个僮仆，和一个坚定的决心，

我是鲜红太阳的一道笑纹……

我是对付所有贪婪的鱼的一张网，

我是为每一个女人的荣誉的一篇祝酒词，

我是走向幸福和走向毁灭的一步

我是在自由中和自我中的一次飞跃……

我是男人耳边欲望的低语，

我是灵魂的战栗，肉体的渴望和自我克制，

我是新天堂的入口标志，

我是火焰，锐利而勇敢，

我是水，深度只在没膝处汹涌，

我是火和水，正正当当的结合，在自由时期……

全向四面的风

不是飞鸟误入我藏身的角落，

不是紫燕带来渴望，

不是白鸥预告一阵大风……

我的野性在悬崖阴暗中站岗，

准备好避免最细的声响在步入战斗行进中……

寂静和开阔是我奇妙世界。

我有一座向四面风的大门，

我有一座向东方的金门——为那从未到来的爱，

我有一座给予白日的门，和另一座给我的悲伤，

我有一座给予死亡的门——它总是开着。

无　　题

我们姐妹穿五颜六色服装散步，

我们姐妹站在水边歌唱，

我们姐妹坐在岩上等待，

她们有水和空气在她们的篮子中而叫它花。

但是我伸出双臂环抱十字架：

并叫喊。

我曾一度柔软如嫩叶

高悬在蓝天。

现在有两把刀交叉在我内部

一个征服者在拿我到他的嘴唇。

他的坚韧非常柔软那是我不能攻克的，

她装置一颗闪烁的星在我额前——

离开我，挥着眼泪，

在岛上呼唤冬天。

黑　或　白

河在桥下奔流
花在路边发光
林木弯身向大地低语。
对我，那里没有高或低，
没有黑或白，自从我看到一个穿白衣的女人
在我情人臂弯里。

秋

光裸的树站在你住屋周围
嵌入无穷的苍穹
光裸的树下接河滨
在水中照映自己
一个男孩静静在秋烟中游戏
一个女孩手中持花在行走
而在天边
银白色的鸟飞升。

两首海边的诗

一

我的生命裸露

如灰色岩石

我的生命寒冷

如白色高地

但我的青春以燃烧的双颊

和狂欢同座：太阳升起来！

太阳已到，而裸露的我整日躺在灰岩上——

一阵冰冷微风来自红海洋：

太阳沉落！

二

在灰色岩礁群中

伸展你雪白身体，悲伤

度过来来去去的时日。

好像一个孩子听讲的故事

在你的心中哭泣。

没有反响的寂静

没有回应的孤独，

空中照射蔚蓝穿过一切裂缝。

林　中　湖

我独自在阳光的水边

沿森林的淡蓝的湖

空中飘浮一朵孤单的云

水上一个孤单的小岛。

夏天成熟的芬芳在水珠

从每棵树滴落

进入我开放的心

一细滴落下。

我　们　妇　女

我们妇女，我们是如此接近棕色的大地。

我们问杜鹃它春天期望什么，

我们拥抱粗壮的冷杉，

我们注视落日的征兆和秘示。

有一次我爱一个男子，他信奉虚无……

他带一双空洞眼睛在寒天来，

他以若有所失的表情在阴沉日子离去。

倘若我的小孩没有活，这是他的……

初　　晓

少数几颗最后的星尚逗留。
我从窗户看到它们。天色苍白，
从远处白日开始的模糊暗示。
一种寂静的安宁展开在湖上，
一种低语在树丛中埋伏等待，
而我的老庭园留神听，警醒着，
向席卷道路的夜的气息。

北欧的春天

我的空想全融化如雪，
我的梦全逝去如水，
我曾经爱过的仅仅留下
一片蓝天和几颗淡星。
风在树林中寂寂吹动。
空旷安宁，水流平静。
老枞树醒来站着思索，
那朵他在梦中吻过的白云。

伤　心　园

啊，那些窗看见

那些墙记得，

那座花园会站立悲伤

那棵树会转身并问：

谁没有来和什么不好，

为什么是空虚沉重而无须说明？

苦味的石竹众生在路旁

那里枞树阴郁生长深而黑。

黄　　昏

我不要听悲伤的故事

树林在诉说。

一直能听见枞树中的低语，

和树叶间叹息的声音，

和昏暗的树干中一直在移动的阴影。

离开道路，那里没有人能遇见我们。

沿着寂静的树篱那玫瑰色黄昏的梦。

路缓缓地走，路小心攀登

逗留不去地回头观看落日。

两　女　神

当你看到那幸福的脸孔，你会感到失望：

这是睡眠者带着没精打采的相貌，

她是最受崇拜和最被议论，

所有女神中最少为人知的。

她是那统治全部平静的海洋，

开花的庭园，无边的晴日，

而你决心永不为她服务。

于是再次更接近她眼中深处的悲伤，

那一个从未召唤的，

那所有女神中最有名和最少了解的，

她是那君临风景的海洋和沉没的船，

为君临在这些生命的监禁之上，

君临那停留在母亲子宫中孩子沉重苦难之上。

我 的 灵 魂

我的灵魂不会讲故事也不知道真理，

我的灵魂只会哭和笑和绞手表示失望；

我的灵魂不懂回忆与防卫，

我的灵魂不能考虑和批准。

当孩童时我看海：它是蓝的。

少年时我遇一朵花：它是红的。

现在一个生人坐在我旁边：它是无色的。

但我怕他不超过处女怕恶人。

骑士来就处女，红与白，

而我有黑圈在眼下。

爱

我的灵魂是天空的颜色，一袭浅蓝的女服；

我离开它在海边岩石上

脱光了我向你来，看似一女人。

像女人我坐在你桌旁

干一杯酒，闻几朵玫瑰的香味。

你发现我美丽，像是你在梦中见过的，

我忘记一切，我忘记我的童年和我的故乡，

我只知道你那抚摸俘获我。

微笑着，你举起一面镜请我看。

由于我的肩膀已除去灰尘和碎屑，

由于我的美生病只渴望——不见。

啊，除了紧紧抱我在你双臂中外，我什么都不要。

沉　思　的　泉

命运宣称：你将生在白色或你将死去红色！

但我的心决定：我将生在红色！

现在我生在一切都属于你的地面，

死永远不能进入这国土。

整日我久坐，手臂支在泉水的大理石边缘。

当我探问假若幸福在这里，

我摇头微笑：

幸福在远方，那里一个年轻女人坐缝孩子的毛毯，

幸福在远方，那里一个男人在林中行走并建造自己的小屋。

这里，红玫瑰环生深不可测的泉水，

这里，可爱的时日沉思它们的明媚的面貌，

巨大的花朵失掉它的大部分美丽花瓣……

生 的 姐 妹

生最接近相似死，是她的姐妹。

死没有异常，

你能拥抱她，握她的手，抚平她的头发，

她将奉献你一朵花并微笑。

你能埋头在她胸上

并听她说：这是去的时候了。

她将不告诉你她是别的某一个。

死不是躺下惨绿苍白，她面向大地，

她背靠一架板木：

死带粉红双颊到处走并对每个人说话。

死有娇嫩的容貌和虔诚的双颊，

在你的心上搁置她的柔手。

太阳不再暖和，

它冷如冰并谁都不爱。

地　　狱

啊，地狱的壮丽！

在地狱没有谁谈论死，

地狱是垒起在大地腹部

并装饰以热情的花……

在地狱没有谁说一句空话……

在地狱没有谁要喝没有谁要睡，

没有谁休息没有谁一直站立。

在地狱没有一人说话但每个都尖叫，

在那里，眼泪不是眼泪而一切悲伤都无力。

在地狱没有谁患病也没有谁疲劳。

地狱已经久不变的永恒的。

痛　　苦

幸福没有歌，幸福没有思想，幸福什么也没有。

推掉你的幸福并打断她，因为幸福是坏的。

幸福风沙声中悄悄地来于睡眠中的灌木的早晨，

幸福像轻轻在深蓝色的中天飘走，

幸福是中午酷热里沉睡的田野，

或沐浴在垂直光线下海洋的无边广阔，

幸福是软弱的，她屏息酣睡什么也不知道……

你知道痛苦吗？她是暗地里紧握的拳头巨大而强有力。

你知道痛苦吗？她是悲伤的眼睛里呈现的一朵希望的微笑。

痛苦给我们一切所需要——

她给我们到死亡王国的钥匙，

并推动我们进入那座门，尽管当时我们犹疑不决。

痛苦给孩子施洗礼并使母亲坐起来。

全然忘记结婚金戒指。

痛苦至高无上地统治，她抚平思想家的额头，

她围着垂涎妇女脖颈拴紧宝石，

她站在门口当男子离开他的爱人……

痛苦还赠给她选中的人另外一些什么？

我不再知道了。

她奉献我们珍珠和花，她给我们歌与梦，

她给我们成千的空吻，

她给我们那是真实的一吻。

她给我们不可思议的心灵和奇特的思想，

她给我们生活的最高奖赏的一切：

爱，孤独，和死的面孔。

肖　　像

为我的短歌，

那荒谬的挽歌，那落日渲染的挽歌，

春天赠我一粒海鸟的蛋。

我叫我的爱人画我的肖像在厚壳上。

他画棕色土壤中一棵小洋葱的鳞茎——
而，在另一面，一线大地弧形的模糊沙丘。

新　　娘

我的圈子狭小而我思想的圆场
走遍我的手指。
在那里存有温热的什么在围绕我的奇境底层，
好像模糊的香味在睡莲花萼中，
千万个苹果悬挂在我父亲的果园，
圆满并完成它们自己——
我无常的生命也同样翻出这条道路，
形成，发展，增长而且平静而且——单纯，
狭小是我的圈子而我思想的圆场
走遍我的手指。

没　什　么

要镇静，我的孩子，那里没什么，
一切都如你看到的：树林，烟，逐渐消失的铁路，
某处，遥远的，在一个远隔的国土
那里有一片更蓝的天和一道有蔷薇的墙
或一株棕榈树和一种更温柔的风——
那就是一切。
那里没有什么只是雪在云杉枝上。

那里没有什么让你温暖的嘴唇亲吻，

随着时间流逝所有的唇变得冰冷。

但你宣称，我的孩子，你的心是强有力的，

生活空虚不如去死。

你从死亡中想要什么？你对她展开的裹尸布不觉得反感，

没有什么比用自己的手置死更卑鄙。

我们将爱生命的长期疾病

和贫困的渴望年代

如同我们为短暂尽力当沙漠开花。

发　　现

你的爱使我的星辰暗淡——

月亮在我生活中升起。

我的手在你那里不自在。

你的手贪求——

我的手渴望。

明天会怎样

明天会怎样？可能没有你。

可能另有领会和新的接触和相似的痛苦……

我将以与众不同的认识离开你：

我将作为你的痛苦的一部分回来。

我将以新的决心从另一天国向你来。

我将以同样的眼光从其他星辰向你来。

我将在我新面貌的旧怀念中向你来。

我将作为陌生的不幸的而忠实的向你来。

从你的心的荒芜处以兽的脚步。

你对打击我，冷酷而无力，

正如你要与你的命运，你的幸福，你的星斗争。

我将微笑并缠绕丝线在我的指头

而你命运的小轴我将藏在我的衣褶里。

我步行经过太阳系

用脚

我走过太阳系，

在我缔造我红衣的第一线之前。

我已经自己觉得。

在第一空间悬挂我的心，

火花从这飞出，在空中震动，

到别的不顾一切的心。

在　黑　暗　中

我找不到爱。我一个也未遇到。

哆嗦着，我走过查拉图斯塔拉的墓在秋夜：

大地上现在谁倾听我？

正在这时：一支臂，非常轻，围我的腰——

我找到一个姐妹……

我倾泻给她金色的发——

这是你不可能的一个？

这是你吗？

疑惑地，我注视她的脸……

是神用这方式戏弄我们吗？

月　　亮

一切事物多么沉寂而奇妙

不能言说：

一张死叶和一个死体

和一弯新月。

每一朵花知道一个秘密

树林守卫它：

月亮的光圈环绕我们的大地

是死的小路。

月亮纺出它的非凡的织物

那是爱的繁花，

月亮纺织它奇妙的网

环绕一切生命。

月亮的镰割下繁花

在晚秋之夜，

所有的花等待月亮的吻

在无尽的渴望中。

那不存在的国土

我渴望那不存在的国土，

因为那存在的一切，我太疲于想要了。

月亮以银色的神秘告诉我

关于并不存在的国土。

那国土是在一切我们惊人地满足的梦中

那国土是在一切我们解除束缚中，

那国土是在我们冷却我们的流血的额头。

在月露中。

我的生命是炽热的幻想。

但我要找一样东西，我真正地赢得一样东西——

到那不存在的国土的路。

在那不存在的国土

我带光辉的花冠同所爱的散步。

谁是我所爱的？夜已深

星星在回应中颤动。

谁是我所爱的？她叫什么名？

天空拱起更高更高，

一个尘世的孩子淹没在无边的浓雾中

而不知道回答。

但是一个尘世的孩子除了必然没有别的。

而它伸出它的手臂比天还高。

回答来到：我是你们所爱的并将永远爱着的那一个。

译贝尔托·布莱希特[*]诗

致 后 来 人

一

确实，我生活在悲哀的时代，
说真话是愚蠢，展眉者
意味着麻木不仁。笑着的人
只是尚未接到
那恐怖的音信。

这是什么日子，谈论树木
就几乎是罪行，
因为沉默也包含在犯罪的可能数不清的范围内！
那平静地越过马路的人

---

* （德国）贝尔托·布莱希特，1898—1956。

不就是为了回避

在自家，他身罹危难的朋友？

诚然，我至今还在挣钱谋生。

但是，相信我，这纯属侥幸。

我做什么都得不到吃饱饭的权利。

我能够活下去那是凑巧。

（一旦运气离去我将走投无路。）

他们告诉我：吃吧喝吧。尽可能及时行乐吧！

但是我怎么能够吃或喝，当

我吃的是从饥饿者那里夺来的，而

我的杯中之水也是攫取自干渴垂死的人？

虽然我还是吃着喝着。

我也希望是个聪明人。

在古老书中你读过什么叫聪明：

不介入世上的纷争，度过

无忧无虑短暂的一生。

还要避开暴力

以善报恶

不必实现自己的愿望，倒要忘记它

这才算作聪明。

这一切都与我格格不入：

确实，我生活在悲哀的时代。

二

在混乱有时日我来到城市
当饥饿正猖獗。
在起义的时日我置身人群
像他们那样起来反抗。
就这样度过
尘世赐给我的时辰。

在战斗间歇我进餐。
在屠夫身旁我偃卧入眠。
不经心地我追求爱情
也对观赏自然冷了心肠。
就这样度过
尘世赐给我的时辰。

在我的时代道路引向泥沼。
语言把我出卖给刽子手。
我能做的不过很少，但要是没有我
统治者会坐得更安稳，这正是我的希望。
就这样度过。
尘世赐给我的时辰。

我的才略不大。目标
远竖前头。
它已清晰可见，即使对于我

简直没法达到。

就这样度过

尘世赐给我的时辰。

三

在那淹死我们的洪水中

挣脱出来的你们

当你们谈及我们的短处

同样要记住

那为你们所逃脱的悲哀的时代。

譬如，换个国家比换鞋子更经常，我们走过阶级的战争，

　　　感到绝望

当那里只有不公正没有反抗。

虽然我们充分懂得：

即使对卑鄙的憎恶

也会扭曲人的面容。

即使对不义的愤怒

也会使他的声音嘶哑。但是呵，我们

这些想望缔造友情国土的人

却未能对我们自己仁慈。

然而你们，一旦时代允许

人对人都成救助者

那么想起我们

带着宽容吧。

译巴勃罗·聂鲁达 [*] 诗

让那劈木做栅栏的醒来

迦百农啊，你已经升到天上，

将来必坠落地狱……

　　　　　　　《马太福音》十一章二十三节

一

科罗拉多河之西，是我所爱的地方，

我以我生命中的一切倾心爱他，

以我过去的一切，现在的一切，信念中的一切。

那里有高耸的红色岩石，由粗野的风

用千万只手塑造成形，

耀眼的红光从深渊升起，

---

* （智利）巴勃罗·聂鲁达，1904—1973。

照着它使之变为黄铜，火焰和力量。
亚美利加像一张野牛皮似的伸展——
我向空旷的、明净的、疾驰的夜，
向群星闪烁的峰顶，
畅饮你一杯碧绿的露水。

是的，经过困苦贫瘠的亚利桑那州
和荆棘满途的威斯康星州，
那高耸的面迎风雪的密瓦基城，
在西棕榈城酷热的沼泽地带，
靠近塔科玛的松林，
在你林中浓烈的芬芳里，
我行走在母亲大地上，
青苍的树叶，瀑布下的石块，
巨风响动有如乐曲，
河流喃喃如修道院的祈祷，
野鹅和苹果，土地和水，
无穷无尽的静寂中，小麦在生长。

在那里，在我站立的岩石上，
我能够伸展我的眼睛，耳朵和手到空中，
甚至听到书籍，引擎，雪花，斗争，
和来自曼哈顿的船上的月光，
纺织机的歌，
吞咽泥土的铁铲，

像兀鹰一样啄击的电钻，

以及压平、剪裁、缝纫、滚动的一切——

人和齿轮在不断地运动和生产。

我爱农家的小院，刚生下孩子的

母亲在睡眠，芳香如罗望子的糖浆——新熨过的衣服；

炉火在一千家燃起，

四周围绕着玉葱田。

（这时男人在河边歌唱，

声音像河底的石子那样粗糙；

烟草的阔叶子伸出，

仿佛带火的妖魔探入这些屋里。）

来到密苏里中部，看看它的奶酪和面粉，

发香的餐桌红得像手提琴，

男人在麦海里航行，

刚驯服的神气沮丧的小马驹

发散面包和苜蓿的香气；

钟声，罂粟，铁工厂，

在乡村电影院的拥挤中

爱情露着它的牙齿，

在一个来自大地的梦中。

我们所爱的是你的和平，不是你的武装。

你的军阀的面目是丑恶的。北美啊，你是辽阔而秀丽的。

你的出身平凡像一个洗衣妇，

在你的河边，洗着衣裳。

从默默无闻中成长，

这是你甜蜜可爱的蜂房的和平。

我们爱你双手发红的男人，

是俄勒冈州的泥土把它们染红，你的黑孩子

给你带来产自非洲象牙地带的音乐，我们爱

你的城市，你的物质，

你的光亮，你的机器，西部的

能源，养蜂场的

恬静的蜜和小镇，

高大结实的青年驾着一辆拖拉机，

从杰弗逊遗留下来的

燕麦田，吼叫的轮子

在丈量你的海洋似的领域，

工厂吐烟，将一千个吻送给

这个新的居民地——

你的勤劳的血统是我们所爱的——

你的劳动者满手沾上了油污。

很久以前，在草原的夜空下，

在庄严的静寂中停息于野牛皮上的

是那些音节，那支歌

它是出生前的我，是我们的过去。

麦尔维尔是一枝海边的水杉，它的枝芽

化成船骨的曲线，木的臂，

船的臂。惠特曼像麦田一样

无穷无尽。爱伦·坡在他的沉思的

子夜。德莱塞，华尔夫，是我们这时代新的创伤。

洛克里奇，最近去世的，沉潜在晦涩中，

还有其他许多人，被阴暗所困住，

在他们头顶燃烧着同一个半球的黎明。

这黎明形成了现在的我们。

强有力的初生儿，盲目闯荡的队长们，

在可怕的时代的密林和战争中，

为欢乐与痛苦而窒息，

倒在商队横过的草原，

多少人死在从来没人到过的地方——

受尽苦楚的无辜者，新的预言书

出现在草原的野牛皮上。

从法兰西，从冲绳岛，从莱伊特的

珊瑚礁（诺尔曼·梅勒记录了它）

从狂暴的风里和浪里，差不多

所有的美国青年士兵都回来了。

差不多全体……他们泥泞和汗水的故事

是无知与残酷——他们太少有机会听到

珊瑚礁的歌，也许还未触到它

就死在这灿烂芬芳的花冠一样的岛上。

　　　　鲜血掺和着粪土，

追逐他们的，是肮脏和老鼠，

和一颗为战争而疲惫的，绝望的心。

可是现在他们回来了，你接待他们

用你展开的，辽阔的土地，

于是他们（那些回来的）把自己封闭起来，

好像一朵为无数花瓣裹住的花蕾，

忘却过去，准备新生。

　　　　　　　　二

但是他们发现屋子里有一个客人，

或者是他们带回来新的眼光（或者过去是盲目），

或者是粗糙的树枝擦破他们的眼皮，

或者是美国土地上出现新的事物。

那些和你们一起作战的黑种人，坚强而乐观，

他们看见：

　　　　人们把一个燃烧的十字架

树立在城中他们的区域，

他们把你的黑种兄弟活活吊起，烧死——

他们征发他去打仗，今天他们剥夺他的

发言权和表决权；到晚上那些蒙面的

刽子手聚集起来，带着皮鞭和十字架。

（在海外，在作战中，

　却是另一种应许。）

一个意外的来客

像一条庞大而老奸巨猾的凶狠的章鱼，

已经盘踞在你屋里，我的士兵朋友啊。

报纸在喷溅柏林蒸馏出来的陈腐毒汁，

杂志（《时代》《新闻周刊》等等）都是些臭名昭著的满纸

　诽谤的黄色刊物。赫斯特

这个曾向纳粹唱过情歌的家伙，微笑着

磨利他的爪子，目的是要你重新出征

到群岛或草原，

去为你屋子的来客作战。

他们不给你休息——他们想继续推销

钢铁和子弹，他们准备了更多的火药。

这些必须赶快卖掉，在新的武器

将为新的手掌握之前。

老板们在你的大厦里，扩大他们的毒囊，

他们喜欢黑暗的西班牙，给你

送上一杯血：

（一次处决，一百块钱）——马歇尔鸡尾酒。

专要青年的血——中国的

农民；西班牙的

囚徒，

古巴蔗田里的血和汗，

智利煤矿和铜矿里的

妇女的眼泪，

然后用力搅拌，

好像警棍一般敲打，

而且不要忘记放冰块和几滴

"让我们保卫基督教文明"之歌的香料。

这是苦味的混合物吗？

你会逐渐习惯它的，士兵朋友啊，你会喝下去。

无论在世界上任何的地方，在月光下

或者在清晨，在豪华的旅馆里，

都可以索取这种强身提神的饮料，

付款用一张印有华盛顿肖像的纸币。

你还会发现查理·卓别林，

这世界上伟大的人道主义创作家，

受到诽谤，而你国内的作家们（法斯特和其他），

科学家们和艺术家们

必须为"非美"思想而受审讯，

在那些发了战争财的人们的法庭面前。

恐怖的消息一直传到世界最远的角落。

我的姑母读到这消息而感到吃惊，

地球上所有的眼睛都注视着

这耻辱与报复的审讯。

这是满手沾血的白璧德，

奴隶主和暗杀林肯的凶手的法庭，

它是当前新兴的宗教裁判，

不是为十字架（即便如此，也是可怕的，无法解释的）。

而是为金元，它在

妓院和银行的桌上叮当作响，

它没有权力审判。

马林尼戈，屈罗依略，魏地拉[①]，

索摩查，杜特拉，在波哥大会师，喝彩。

你年轻的美国人啊，你不认识他们，他们是

我们天空幽暗的蝙蝠，苦难

是他们翅膀下的阴影——

　　　　牢狱，

牺牲，死亡，仇恨——南方的国家

因为有煤油和硝石，

所以孕育了妖魔。

　　　　在智利的洛塔，在夜间

绞刑吏的命令到达矿工的

贫困的，潮湿的小屋。孩子们

醒过来啼哭。

　　　　成千上万的人被关入牢狱，

在思索。

　　　　在巴拉圭

深林的阴影掩蔽了

---

① 　冈萨雷斯·魏地拉（Gonzales Videla），1946—1952 年任智利总统，实行卖国反人民的反动政策。身为当时国会议员的聂鲁达，在国会揭露控诉了政府的卖国罪行，后遭缉捕，被迫流亡。此诗就写诗人流亡而生活在人民之中的动人情景。

被谋杀的爱国者的尸体，一声

枪响

在磷光闪烁的夏夜。

真理

死在那里。

在圣多明哥，为什么你们

范登堡先生，亚歇尔先生，马歇尔先生，赫斯特先生，

不为《保卫西方文明》而去干涉呢？

为什么尼加拉瓜的总统

半夜里被惊醒，被追捕

逃到国外死在放逐中呢？

（那里需要保卫的是香蕉，不是自由，

而索摩查能够干的就是这件事。）

这些"伟大的

胜利的思想"侵入希腊和中国

要你们去援助那些肮脏得像地毯一样的政府。

啊，士兵！

三

美国啊，在你领城之外的地方我也去过，

在那里我有漫游中的住所，飞行，游览，

一天又一天歌唱，谈话。

我停息在亚洲，在苏联，在乌拉尔，

我的心灵充满了寂静和松脂的芬芳。

我喜欢人类用斗争和爱情

所创造的地上的任何东西。

我在乌拉尔的住屋，被古老的松林之夜

无声地围绕，

静默得像一个高高的蜂房。

    在这里，小麦和钢铁

从人的手中，从人的胸中诞生。

打锤子的歌声使古老的松林活跃起来，

像一个蓝色的幻景。

从这里我纵览人民的广大地域，

属于所有的妇女和儿童的

爱情，工厂，学校，歌曲

它们像紫罗兰一样在林子里发光，

那里昨天还住着野狐狸。

在这儿，我能够用手在一幅地图上抚摸

绿色的草地，千百座

作坊冒出的烟，纺织厂

发散的气息，驯服了的

河流创造的奇迹。

下午我回家，

沿着新的、刚刚铺好的道路，

走进厨房，

那里白菜汤在沸腾，

新的泉源将流向全世界。

这里的年轻人也都回来了，

但有好几百万人被遗留在后面，

肿胀，吊在绞架上，

烧焦，在特制的炉子里，

毁灭得什么也不剩，

只留下记忆中的名字，

他们的村庄也同样被毁坏了——

苏维埃土地被毁坏了——

千百万块碎玻璃和骨头混合在一起，

家畜和工厂，甚至春天也消失了，

被战争吞没了。

尽管如此，青年人还是回来了，

对他们建造的国家的爱，

在他们身体里渗进了那么多的热血

他们从血脉里说着"祖国"

他们是用他们的血在歌唱苏维埃联盟。

当他们回来帮助城市，牲畜和春天

再生时，从柏林发出的胜利的呼声

传来了更响亮的

回声。

华尔特·惠特曼，昂起你草叶似的白胡子吧，

和我一起从这林子里，

从这芳香的旷野上眺望，

华尔特·惠特曼，你看到什么？

我智慧的兄长告诉我："我看见，

在纯洁的光辉的斯大林格勒，

在这被死者念念不忘的城市，

工厂怎样在开工。

我看见从饱受战火的平原上，

从患难和火焰中，

在一个下雨的早晨，诞生了

一架拖拉机，辚辚地滚向田野。"

啊，华尔特·惠特曼，把你的声音给我，

把你的像树根一样庄严的容貌给我，

让我如你一般地来歌唱这些新的建设！

我们将一起向那些

从悲哀中挺立起来的，

从庄严的静寂中兴建起来的，

从胜利中诞生的一切——

歌唱，致敬。

　　　　斯大林格勒，扬起你钢铁的声音，

让希望一层一层地再生，

如同一座集体的大厦。

教育着，

歌唱着，

建筑着。

斯大林格勒从血泊中再现了，

好像一支流水、石头和钢铁的交响乐，

面包重新在面包房诞生，

春天回到学校，轻风攀上

新搭的脚手架和新栽的树木，

而这时，庄严的老伏尔加河在静静地波动。

一本一本的书

放在松木杉木的书架上

重新收集起来，安排在

被刽子手杀害的人们的坟墓上。

剧院在废墟之间建立起来了，

它们记录着殉难与抵抗。

书本如明亮的纪念碑，

一本书覆盖着一个英雄，

覆盖着每一公分的死亡，

覆盖在这不朽的光荣的每一片花瓣上。

苏联啊，如果我们能够收集起

你在战斗中所流的全部鲜血，

把你像母亲那样，为了使垂死的自由复苏

而给予世界的全部鲜血收集起来，

我们将得到一个新的海洋，

比任何一个海洋更大，

比任何一个海洋更深，

像所有的河流那样波涛滚滚，

像阿拉岗尼亚火山的喷焰那样活跃。

每一个国家的每一个人，

把你的手浸入这海洋吧，

然后抽出来，

把曾经侮蔑你们，逼害你们，

欺骗与污辱你们的推下去，

连同那些饱饮你们的鲜血的西方垃圾堆上的

千百条走狗。

哦，自由人民的母亲！

从芬芳的乌拉尔松林，

我注视诞生自俄罗斯心脏的

图书馆，

静寂本身也在其中工作的实验室，

我注视列车载着木材和歌曲

到新的城市去

而在这香膏似的和平中，一种搏动开始了，

好像是在一个新的胸膛里，

女孩子和鸽子回到了草原，

改变了它的苍白的沉寂，

橘子树缀满黄金。

现在，每当黎明，

市场上有一种新的芳香，

那是来自高原的一种新的芳香，

在那里曾经有更大的痛苦，

平原的地图

因为工程师在书写他们的数目字而颤动，

管道像长蛇蜿蜒曲折

通过这多雾的冬天的新的大地。

在古老的克里姆林宫的三个房间里，

住着一个人名叫约瑟夫·斯大林。

他房间里的灯光熄得很迟。

这个世界和他的国家不让他休息。

别的英雄曾建立过国家，

他却不仅这样，他帮助孕育他的国家，

还要建设它，

还要保卫它，

因此，他的广大土地，成了他自己的一部分，

他不能休息，因为他的国家不能休息。

有个时候，他冒着风雪炮火，

抵抗那些老奸巨猾的匪徒们，

他们盼望（就跟现在一样）重新恢复

鞭笞和贫困、农奴的悲惨，

千千万万穷人的被压抑的痛苦。

他向佛朗格尔们和但尼金们作战，他们是

由西方派遣来"保卫文明"的。

这些绞刑手和保镖，他们

在这里被剥光了皮。照顾着广大的

苏维埃联盟的全部国土，

斯大林在日夜工作。

但是后来在一阵枪弹的浪潮中冲来了

被张伯伦养肥的德国人。

斯大林在广大的各个战线上抗击他们，

在他们进攻的时候，在他们溃退的时候，

他的孩子们，好像一阵风暴，

一直打到柏林，带来俄罗斯伟大的和平。

莫洛托夫和伏罗希洛夫也在那里，

我看见他们和别的高级将领在一起，

他们是不可战胜的。

他们坚实得像雪盖的橡树。

他们之中谁也没有宫殿。

他们之中谁也没有成群的农奴。

他们之中谁也没有靠出卖鲜血

来发战争财。

他们之中谁也不像一只孔雀似的

旅行在里约热内卢或波哥大，

统率着一群走狗，血腥气的酷刑吏。

他们之中谁也没有两百套衣服，

他们之中谁也没有拥有军火厂的大量股票，

他们全体拥有的是

这伟大国家的幸福和建设，

那里黎明光明万丈

冲破死亡的暗夜上升。

他们向全世界称"同志"。

他们使木匠当了国王。

没有一匹骆驼能够穿过针眼。

他们清洁了农村。

分了土地。

解放了农奴。

消灭了乞丐。

使残暴绝迹。

把光明带到深沉的黑夜。

因此，阿肯色的小伙子，或者

你，西点的花花公子，或者

你，底特律的技工，或者

你，老纽奥尔良的码头工人，我向你们大家

这样说：坚定地走，

张开你的耳朵听听这广大的人世间，

这不是国务院的漂亮绅士，

也不是凶暴的钢铁大王，

在向你们说话，

而是来自美洲南端的一个诗人，

巴塔岗尼亚的一个铁路工人的儿子，

我是属于美洲的，像安第斯山脉的空气一样，

今天我是一个流亡者，来自一个

被牢狱、酷刑和残暴统治的国家，

那里的铜和石油逐渐转化为

外国贵族手中的黄金。

　　　　你不是那

一手握着黄金、

一手握着原子弹的凶神。

你是

现在的我，过去的我，是我们所必须

保护的，纯真的美洲的

亲切的下层泥土，朴素的

街道和大路上的人民。

我的哥哥胡安卖皮鞋，

跟你的哥哥约翰一样。

我的姐姐胡安娜削马铃薯皮，

跟你的姐姐珍妮一样。

彼得啊，我的血统属于矿工和水手，

和你的血统相同。

你和我将要打开大门，

好让乌拉尔的风

穿过墨水的幕吹来，

你和我将正告那些暴徒：

"先生们，到此为止，不许越过。"

因为后面的土地属于我们，

不能容许在这里听到机关枪的嘶叫，

而要唱一支歌，再唱一支歌，再唱一支新的歌。

四

但是，北美洲，如果你武装起你的军队

去破坏这纯洁的边境，

派出芝加哥的屠夫，

去统治我们所爱的

音乐与秩序，

   我们将从岩石和空气中冲出来，

咬你，

   我们将从最深的浪涛里冲出来，

用荆棘刺死你，

   我们将从犁沟里冲出来，因而那种子

将像哥伦比亚的拳头痛击你，

   我们将冲出来，断绝你的面包和水，

   我们将冲出来，在地狱里烧死你。

所以，士兵啊，不要用脚踏上温和的法兰西，

因为我们将要在那儿，叫绿色的葡萄园

产生苦味的醋，受难的女孩子

将给你指出那些地点，

那儿德国人的血迹还没有干。

不要攀登西班牙荒凉的山脉，因为每一块岩石将变成火焰，

那里英勇的战斗已经进行了一千年——

不要迷失在那橄榄林里，

你将永远回不了俄克拉何马州，不要进入

希腊，因为即使是你今天在那儿屠杀的人民所流的血

也要满溢起来阻止你。

不要到托科皮利亚去捕鱼，

因为那里的剑鱼也知道你来抢劫，

来自阿拉岗尼亚的平凡矿工

会找出古代的毒箭，

埋伏守候新的侵略者。

不要小看那些唱着恋歌的南美洲土人，

也别小看那些冷藏厂的工人，他们

将到处睁大眼睛握紧拳头，

一如那些委内瑞拉人，他们等候你，

一只手是六弦琴，另一手里是火油瓶。

也不要进入尼加拉瓜，

桑迪诺睡在树林里，等候你的到来，

他的来复枪上覆盖藤枝和雨滴，

他脸上的肉已经腐蚀，

可是那些致命的伤口现在还存在，

就像波多黎各人在那里等待着，

手里闪着逼人的刀光。

　　　　　　这整个世界将仇视你。

非但那些群岛将空无一人，而且连那里的风，

那现在听着它爱情的语言的风也要消失。

不要想望从高原的秘鲁

寻求炮灰——在崎岖的废墟中，

我们同血统的和平人民将要磨利他们的

紫水晶的剑，用来对付你，在山谷中

沙声的海螺将要吹出战歌，号召

带着掷石器的战士们集合起来，他们是亚麦鲁的

子孙，沿着墨西哥的层峦叠嶂，

也不需要你去找人，带他们去

和黎明作战，因为柴巴塔的步枪没有睡觉，

它们已经擦亮，向得克萨斯平原瞄准。

不要进入古巴，那里在海面，

在汗湿的甘蔗田，

闪动的黑影，正在等候你，

一声呼喊："不是我死便是你亡。"

　　　不要进入

河水喃喃的意大利游击区

不要走出那一队队军装漂亮的士兵的行列以外，

他们是你在罗马豢养的走狗，不要走出圣彼得教堂，

在这些地方之外，那些朴实的乡村圣徒们，

那些水手和渔夫的圣徒们，

都热爱那草原上伟大的国家，

在那里，开花的世界在更新。

　　　不要走上

保加利亚的桥梁，他们不会让你通过；

在罗马尼亚的河水中，我们将倾入沸腾的血，

来烫死侵略者；

不要去向那里的农民打招呼，

永远埋藏了他的封建主，他用他的犁

和步枪站着守卫，不要对他看，

因为他会像火星一样烧死你。

　　　不要登陆

中国——腐朽的蒋介石集团不会再在那里——
而接待你的将是一座农民的
镰刀的森林和一座炸药的火山。

在别的战争中，有积水的壕沟，
无穷无尽的钩钩刺刺的铁丝网，
然而这道壕沟更宽，这条水更深，
这些铁丝网比一切金属更不可战胜。
它们是人类的金属的无数原子组成的，
它们是千千万万的生命与生命的结合，
它们是各族人民的千年悲伤——
一切遥远的山谷与地区的人民，
一切旗帜下和船只上的人民，
一切拥挤在山洞里受苦的人民，
一切使用渔网投入暴风雨的人民，
一切大地上锯齿形犁地里的人民，
一切在灼热的锅炉旁受罪的人民，
一切纺织厂和铸造厂的人民，
一切遗失的或集合起来的到处为家的人民，
这些铁丝网长得够绕地球一千次——
它们有时好像是被分离了，被拔掉了，
但突然它们被磁力连接起来了，
直至布满了大地。

不仅如此，在更远的地方，

容光焕发而刚毅沉着的

钢铁似的，微笑着的，

随时准备歌唱或作战的，

北极苔原和西伯利亚松林地带的，

无数男人和女人守卫着你，

还有征服了死亡的伏尔加河上的战士，

还有斯大林格勒的孩子，乌克兰的巨人，

这一切组成一座巨大无比的

用血与石，钢与歌，勇敢与希望凝练的长城。

如果你敢碰这座堡垒，你将要倒下，

就像工厂里的煤块那样被消灭干净，

而从罗切斯特城来的微笑将化为泡影，

它将消散在草原上空，

永远埋藏在白雪下面。

这里将出现无数战士，

从彼得大帝到新的英雄，都曾经使世界震惊。

他们将把你们的勋章化为小小的冰冷的子弹，

不停地嘶叫，穿越这片

广阔的土地，而今日这片土地是欢乐的。

而那常春藤覆盖的实验室

也将放出解除束缚的原子，

指向你们骄傲的城市。

绝不要让这样的事发生。

让那劈木做栅栏的醒来，

让亚伯跑来，带着他的斧子

和他的木制盒子，

去和农民一起吃饭。

让他抬起橡树皮一样的头，

让他那橡木板上

和橡树身上的窟窿一样的眼睛，

越过绿树顶，

越过水杉，

向广大的世界瞭望。

让他到杂货店去买些什么，

让他搭公共汽车到唐坝去，

让他咬一口金黄的苹果，

让他走进一家电影院，

去和老百姓谈话。

　　让那劈木做栅栏的醒来。

让亚伯跑来，让他的古老的酵母

使伊利诺州的碧绿的黄金的土地发酵，

让他在自己的城市举起他的斧子，

砍向新的奴隶主，

砍向奴役的皮鞭，

砍向毒质的印刷机，

砍向他们企图销售的

血腥的军火。

让他们，年轻的白人，年轻的黑人，

歌唱着，微笑着前进，

抗击黄金堆砌的墙，

抗击仇恨的制造者，

抗击出卖他们的鲜血的战争贩子，

让他们歌唱，欢笑，胜利。

　　让那劈木做栅栏的醒来。

五

给即将来到的黎明以和平，

给桥梁以和平，给酒以和平，

给诗章以和平，它们到处追逐我，

使我的血液激动，

使我向往大地和爱情，

给面包苏醒时的

早晨的城市以和平，给众河的源头——

密西西比河以和平，

给我兄弟的衬衫以和平，

给安静的好像空气一样明亮的书本以和平，

给基辅的巨大的集体农庄以和平，

给这些死者

和另外一些死者的骨灰以和平，给布鲁克林的

铁桥以和平，

给那如同日月不息般

穿户走门的邮递员以和平，

给那用喇叭向金银花般的演员叫喊的芭蕾舞的导演以和平，

给那只想写罗萨里奥城的

我自己的右手以和平，

给秘密得像一块锡的

玻利维亚人以和平，那是

好让你结婚的和平，给比奥河上

所有的锯木厂以和平，

给进行游击战的

伤心的西班牙以和平，

给怀俄明州的小博物馆以和平，

那里最可爱的一件东西是

一只绣了一颗心的枕头，

给面包师和他的面团以和平，

也给面粉以和平，给所有应该生长的

小麦以和平

给一切寻求隐秘的灌木丛的情人以和平，

给一切活着的人以和平——给所有的陆地，

所有的江河海洋以和平。

现在我向你们告别了，

我要回到我的家乡去，

回到我梦魂牵绕的巴塔岗尼亚去，

那里大风敲响畜栏，

海洋泼溅冰雪。

我不过是一个诗人——我爱你们大家，

我在我所爱的世界上漫游；

在我的祖国，他们逮捕矿工，

军人发命令给法官。

但是我爱我小小的寒冷的国家，

即使是它的一枝树根。

如果我必须死一千次，

我也要死在那里，

如果我必须生一千次，

我也要生在那里，

靠近那高大的荒野的松树，

听那南冰洋狂暴的风，

听那新购置的钟的声音。

不要让任何人想到我——

让我们想到整个世界，

充满激情，我拍着桌子喊道：

我不愿鲜血再度

浸透面包，豆荚，音乐——

我希望那矿工，那小女孩，

那律师，那水手，

那洋娃娃的制造者，

和我一起到电影院去，

我希望同他们一道出来，

喝一杯最红最红的酒。

我不是跑来解决什么问题的。

我来这里是为了歌唱，

为了和你们一同歌唱。

1948 年 5 月在美洲某地

马丘·比丘高处

一

从空旷到空旷好像一张未捕物的网
我行走在街道和大气层之间，
秋天降临，树叶宛如坚挺的硬币
来到而后离开，
走在春天和麦穗中间
像在一只掉落地上的手套里面，
那里给我们最深情的爱
多么像东升的遥远的月亮

（我生活发光的日子是在大众的
风暴中：钢铁转变为
酸性的沉默；
黑夜被撕碎只剩最后的尘粒；
喜庆中祖国的花蕊遭受侵犯。）

有谁在提琴声中等我
不吐一言好像一座埋在地下的塔

它的旋转弦声从

硫黄色的叶子嗓音中唱出：

更深些在金矿中

像一把陨石包裹的剑，

我伸出我的颤抖的温柔的手

插进地球生殖力最强的部位。

我把我的额头投入深沉的波浪

下面，

像一滴水飞入琉璃般的和平中间，

像一个盲者，我回到

那佩戴素馨花的人间暮春。

二

倘若花朵向花朵递送它的高贵种子

而岩石保存它播撒的花

于金刚石和沙砾摊开的衣衫上，

人弄皱他从无情的大洋急流

收集来的光的花瓣

塑造出悸动的金属在他手中。

而后，在衣挂和烟雾之间

在凹陷的桌子上，有如玩一场牌的赌注，

剩下灵魂：

警醒的石英，海中的泪

宛如冰冷的池塘：甚至于

以钞票和怨恨折磨和残杀它，

在岁月的地毯下面窒息它，

在仇敌的铁丝编织的衣衫里面撕碎它。

不：沿着地峡，天空，海洋，大路，

谁在他的血泊上守卫而不拿刀枪

（好像深红色的罂粟花）？愤怒已使

人贩子的黯淡商品萎缩了。

露珠千百年以来

就把它那透明的信件悬挂在洋李树梢

悬挂在等候它的同一枝头上，啊，心呀！

啊，在秋天洞穴中被击碎的额头呀！

多少次在城市冬天的街道中或傍晚时分在

公共汽车或船甲板上，在最浓密的沉寂中：

　　在节日之夜的孤独里，在阴影和钟声下面，

在那使人类快乐的每一个洞穴，我都要停留下来

并寻找那莫测高深的矿脉

那是我从前在岩石曾经触摸到的，

或由于一次接吻而解放的闪电。

（生来它就有一个琥珀色的小小传记

以细小的萌芽的乳房重复它温柔的诉说

在谷物无穷的胚胎中，它甚至能够

穿透象牙，在水中是透明的

祖国，一口钟，从远方的雪

到暗红色的波浪。）

我只能理解的不过是一张张脸庞，

一个个匆匆而过的面具，如一枚中空的金指环，

如一个狂暴的秋天，披着撕成碎片的衣裳

把那惊慌失措的可怜的树木吓得浑身哆嗦。

我的手找不到休息的地方

流动如溪中清水，一条接一条，或坚定

如煤块和水晶，

伸出热情或冷酷的手回答我，

是什么样的人？在口哨声中和仓库中

他的公开谈论的哪一部分，在他金属般的举止中，哪里活跃着

不可摧毁的，不朽的，活泼的生命？

三

生灵好比玉米

在失败的行动和悲惨事件的

冗长的谷仓中一颗颗地剥落，第一到第七到第八，

不是一次死而是许多次死来到每一个人：

每天一次小小的死，灰尘，蛆虫，灯熄灭

在郊野的泥泞中，一个个小小的死，扑打着粗壮的翅膀

刺入每一个人好像一支短矛：

不管是由于面包还是由于小刀的困扰，

赶牲畜的人，海港的儿子，破土犁地的黑队长，

或熙熙攘攘大街上的啮齿动物：

他们一个个都全身瘫软等待死亡，他们的短促的
每日的死：他们凄惨的崩溃的日子犹如
他们从其中战栗地啜饮的黑色酒杯。

四

那有威力的死神邀请我许多次：

它好像是波浪中看不见的盐，
那从它的看不见的味中发散出来的
似乎是升高和崩落各半
暴风和冰雪的巨大建筑。

我来到铁的锋刃，来到空旷的
狭窄的河谷，来到覆盖农作物和岩石的地带
来到最后梯级的星空
和令人晕眩的盘旋上升的公路：
但是，广阔的海洋，啊死神！你不要一浪叠一浪地来，
而要在夜的澄澈中飞临
有如黑暗的总和。

你来时从不拨弄衣袋，不可想象
你的来访会不披红袍
会不围绕着沉默发光的毯子：
会没有高耸的或深埋的泪滴遗物。

我不能爱那每一生命

都肩负着它小小的秋天的树。

（一千片树叶的死）

一切虚假的死和复活

既没有泥土，也没有深渊：

我要在最广阔的生活里，

在那任性的河口游泳，

当人一次又一次拒绝我

开始关闭行列和门户而使

我溪流般的双手不能触到他受伤的躯体，

于是我走，顺着一条条街道，沿着一条条河流，

经过一座座城市，睡过一个个床铺，

我的盐水的面罩穿过荒野，

在最后的谦卑的小屋，没有光，火，

面包，石头，没有寂静

我孤独地滚转一遍又一遍，死在我自己的死

五

这不是你，严厉的死神，长着钢铁般羽毛的鸟，

这些住宅的不幸的承继人

被运入埋在匆忙的饮食中，在空虚的皮囊下，

这是另外一些什么，被蹂躏的被捆缚的花瓣，

尚未进入战斗的胸中原子

或未曾触及额头的苦涩露珠。

这是那不可能再生，既没有安宁也没有坟地的

小小死亡的断片：

一块骨头，一口在它内部枯死的钟。

我卷起带碘的绷带，浸我的手

在那被杀的死者的不幸的悲哀中，

在那伤处找不到别的只有寒冷的气流

吹遍灵魂的暧昧的裂缝。

六

于是我攀登大地的阶梯

经过那颓败的树林可怕迷宫

走向你，马丘·比丘。

垒石的高城，你深藏奥秘

你是先人最后的一座城砦。

他们虽然已经长眠

但他们的寝衣

并没有把大地本来的面目遮掩。

那里，犹如两道耀眼的地平线

闪电和人的摇篮

为尖锐的风震荡。

你是石城的始祖

兀鹰的桂冠，

披着人间朝霞的巨大礁石

沉埋在砂岩中的石铲。

这曾经是住所，这就是那地方：
在这里，饱满的玉米挺立
而后又降落如红色冰雹。

在这里羊驼脱落它的金毛
给爱人、坟墓、母亲、
君王、神父、战士以衣服。

这里晚上人同鹰
并脚而眠，在它们肉食者高高的
鸟窝中，而在黎明
傍着雷电的脚步踏着薄雾
接触田野和岩石
直到随之而来的黑夜或者死亡。
我看见衣着和手
在传出反响的穴中的水痕上，
以我的肉眼能看到的大地的灯光下
一堵被脸磨得光滑的墙壁，
以我的手涂油的不可见的木板：
为所有的东西，衣服，皮肤，器皿，
文字，酒，面包，
消失了，落入大地。
大气带着柠檬花香抚弄

流过死者身上：千年的

大气，无数月份和星期的大气，

蓝色的风的、铁的山脉的大气，

它们经过如脚步生起的微风

磨光那岩石的寂寞的居所。

七

同一个深渊的死者，同一个峡谷的阴影

最深邃的阴影，仿佛你宏伟的体积，

当那真正的，最灼热的死亡来到

你是不是从那带裂缝的岩石

从那猩红的柱头

从高入云霄的渡槽

好像秋之成熟那样坠入

一场孤独的死亡？

今天空旷的大气不再哭泣

不再感知你沾土的脚

忘却你过滤天空的瓢泼大雨

当闪电的剑劈开长空

雄伟的树

被雾吞噬又被狂风砍断。

那高举的手猝然垂落

从时间的顶峰到终点，

你不再是：那蜘蛛爪般的手，

柔弱的丝，纠缠的网：

你过去的一切皆已崩溃：习惯，厚颜无耻的小节，光彩夺
　　目的面具。

然而还有一个石头和文字的永恒

这城市如圣餐杯那样举起，在那些

生者与死者，无声的手中举起，

以那么多的死亡来支持：这墙垣，充溢

那么多生命，布满岩石的花瓣，永恒的玫瑰，

这居所，这安第斯山的珊瑚礁，这冰河区域。

当黏土颜色的手

彻底转变成黏土，当小小的眼睑紧闭

不再注视粗糙的土墙和层层居住的城堡，

当所有的人已被卷入它的穴中，

那里还有一个精致的建筑高耸在

人类黎明时期的遗址上：

承载着沉默的最高的坛：

在许多生命之后的一个石头的生命。

八

美洲的爱，同我一起攀登。

同我一起吻这些神秘的石头。

乌鲁班巴河银色急流

运送飞舞的花粉到它的黄色树冠。

攀缘植物，石头般的植物

坚硬的花环高飞在

群山寂静之上。

你来吧，细小的生命，在大地两翼之间，

呵，野性的水啊，清澄而且冰冷，

正搏击空气，剖开、敲碎翠玉

你从雪峰倾泻下来。

爱吧，爱吧，直到陡峭的夜晚，

从那响亮的安第斯山脉的燧石下来，

朝那双膝泛红的黎明

沉思而凝望那雪的盲目的孩子。

啊，威尔卡马约河响亮的弦乐

当你发出线状的雷电

进入白浪中，如受伤的雪

当你峻险的暴风歌唱

鞭打唤醒天空

你将给耳朵传达什么样的语言

从你的安第斯山脉的泡沫中新近投出？

谁捕捉冰冷闪电

并将它缚在高空，

擦掉它冰的泪滴

挥动它快利的刀剑

锤击它久经磨炼的纤维
带到它战士的床铺，
从它的岩石边缘惊起？

你的围攻的非难是怎样说的？
你有否秘密的反叛闪光
在大声喧嚷中掠过？
谁打碎冰冻的音节，
暧昧的言辞，金的旗帜，
紧闭的嘴，被压抑的呼声，
在你的细小动脉的血液中？
谁绽开如花的眼睑
注视四周的大地？
谁摇动死寂的花束
用你瀑布般的手
收取他们已经获得的夜
进入你地层的煤？

谁投掷连接的枝条？
谁再一次埋葬告别？

爱吧，爱吧，不要碰到界线，
也不要崇拜沉没的头：
让时间完成它的塑像
在它的被堵截的溪流的厅堂

在城墙和急流之间
汇集夹道的空气，
风的平行的薄片，
山脉盲目的河道，
露珠粗犷的敬礼，
攀登，穿过浓密的花丛，
踏在坠落的蛇身上。

在巉岩、石块和树林的地带
绿星的微尘，发光的丛莽
像有生命的湖或又一个
缄默贮藏爆炸。

来到我真实的存在，来到我自己的黎明，
来到已经完成的孤独之上。

死去的王国依然生气勃勃。

横切日昝，那秃鹫血腥的阴影
像一艘黑色的船划过。

九

星座的鹰，雾中葡萄园。
坍毁的棱堡，模糊的弯刀。
断裂的腰带，庄严的面包。

奔流的阶梯，无垠的视野。

三角形的紧身衣，石头的花粉。

花岗石的灯，石头的饼。

矿物的蛇，石头的玫瑰花。

被埋葬的船舶，石头的溪流。

月亮的马，石头的光。

平分的直角，石头的烟雾。

基础几何学，石头的书。

冰山为风砍倒，被时间淹没的石珊瑚。

手指摩光的墙。

被鸟羽击打的屋顶。

被树叶推翻的宝座。

吃人的爪子的政权。

暴风抛锚在斜坡。

不动的绿松石般的瀑布。

安眠的族长的钟。

被征服的雪的山脉。

刀剑斜靠在雕像上。

不可通过的被包封的暴风雨。

美洲狮的脚掌，嗜血的岩石。

戴着帽子的塔，雪盖的对峙。

夜在手指和根部上升。

雾锁窗户，石化了的鸽子。

夜之草木，雷电的雕像。

兀突的山岭，海的天花板。

失踪了的鹰的巢穴。

天之琴弦，高山的野蜂。

染血的地平线，有结构的星。

矿藏的泡沫，石英的月亮。

安第斯山的蛇，不凋的眉。

寂静的穹窿，纯洁的祖国。

大海的新娘，教堂的树木。

苦味的枝，张开暗翼的樱桃树。

雪一般的牙齿，冰冷的雷。

被抓伤的月亮，威吓人的石头。

寒冷的卷发，大气的运行。

手的火山，阴暗的瀑布。

银的波浪，时间的箭。

十

石上有石：人，他在哪里？

天上有天：人，他在哪里？

时上有时：人，他在哪里？

你也是那未定形的人，那穴居的鹰

沿着今日的街道，以足迹

在深秋的落叶上

践踏灵魂直到坟墓的

小碎片吗？

可怜的手，脚，可怜的生命……

解析光明的时代落在你头上

像雨洒在节日旗帜上，它们曾

滴暗色饮料如花瓣接着花瓣

进你空无一物的嘴吗？

　　　　饥饿，人的珊瑚

饥饿，神秘的植物，伐木者的根底

饥饿，你的锯齿形的暗礁

是否上升到这些破碎的高塔？

我问你，路上的盐粒，

给我看看那把调羹；建筑物啊，让我

以一枝手杖登上你石头的花蕊，

登上所有空中的阶梯进入虚无

在你的内脏穿过直到我触摸到人。

马丘·比丘，难道你是安置在

石上之石，而基础，却是一堆破烂？

煤上之煤，而底层，却是一摊泪水？

金上之火，而在其中却震颤着

殷红的血滴？

把你埋葬的奴隶还给我！

挖掘大地，夺回穷人坚硬的面包

给我指出那奴隶的衣衫和他的窗扉。

告诉我他活着时怎样睡觉。

告诉我，假若他因疲乏睡去

是否在梦中打鼾，半张眼睛

好像挖在墙上的黑洞？

墙呀，墙呀！告诉我假若每一条石板

都压在他的睡眠上，假若他倒在下面

他是怎样沉睡在月光下？

古老的美洲，消逝了的新娘，

你的手指是不是也曾从森林中出现

向着太虚仙境，在

光明与庄严的婚礼的旗帜下，

配合枪矛和鼓的雷鸣，

你的手指是不是也在，那些

被剽窃的玫瑰，那为一次寒潮

而迁移的血染胸腔的新彀，转移到

发光的织物，龟裂的器皿，

被埋葬了的美洲，你是不是也曾同样，

有那内脏的最深的痛苦，好像那只鹰

持续地忍饥挨饿？

十一

经过那惶惑的光辉，

经过那石头的暗夜，让我伸出我的手

好像一只囚禁了一千年的鸟

让它那被遗忘了的古老的心

在我的体内跳动！

让我忘记今天这个比海洋更为巨大的快乐

因为人生是比大海和所有群岛更为宽广

而人必须像掉下水井一样掉下去又爬起来

带着一捧神秘的泉水和被淹没的真实。

阔大的岩石，让我忘记你有力的形体，

你卓越的广袤，你蜂巢的高岩，

今天让我丢开直角尺，用手抚摸

你那粗糙的血污的苦行衣的斜边。

于是，像鞘翅甲虫蹄铁，那狂暴的

兀鹰在它的疾飞中扑打我的太阳穴

那食肉鸟的烈风

吹去倾斜阶梯的暗尘，

我没有看见那敏捷的捕食的鸟，

也没有看见它利爪的钩

我只看见那古老的生灵，那奴隶，那田野中的死者

我看见一具尸体，一千具尸体，

一个男人，一千个女人，

为雨和夜弄得黝黑，在黑风下面，

在沉重的石头雕像的旁边：

采石人胡安，雷电的儿子，

冷食者胡安，绿星的儿子，

光脚的胡安，绿松石的孙子。

起来同我一起生长，兄弟。

十二

起来同我一起生长，兄弟。

从你的抒发悲伤的深处
把你的手给我。
你将不自岩石底层返来。
你将不自地下的时间返来。

你的粗硬的声音不会回来。

你的雕凿的眼睛不会回来。

从大地的深处看我吧，
农夫，织工，沉默的牧人：
红褐色羊驼的驯服者
大胆的脚手架上的泥水匠：
安第斯山泪滴的运水夫：
被压碎手指的宝石匠：
在播种中战栗的佃户：
跟黏土混成一堆的陶工：
把你们的古老的被掩埋的悲哀
带到这新的生命之杯来。
向我指出你们的血和你们的皱纹，
告诉我：我在这里受惩罚，
因为那宝石不再迸发光辉，
大地不再交纳石料或谷粒。
向我指出你们在那里倒下的岩石，

向我指出穿刺你身躯的树木，

为我再点燃往昔的燧石，

古老的灯具，几世纪以来

紧挨着伤皮烂肉的鞭子，

和闪烁着血光的斧头。

我来通过你们死了的嘴说话。

把横过大地的

一切沉默的被分隔的嘴唇连接起来

从地下向我说话，在这整个漫长的夜晚

就像我在你们中间抛下了锚，

诉说每一事物，链接着链，

环连着环，步跟着步

磨快你们藏好了的刀

把它们佩在我的胸前，放在我手上

好像一条黄色光辉的河，

好像一条埋葬猛虎的河，

让我哀悼，每时，每日，每年，

盲目的年代，如星的世纪。

给我寂静，水，希望。

给我斗争，铁，火山。

给我把所有这些物体粘住，如磁石一般。

凭借我的血管和我的嘴。

通过我的语言和我的血说话。

1945 年

[后记] 1950 年聂鲁达出版《众人之歌》（canto general，也可译为《漫歌集》）。全书分 15 部分，从美洲的自然界写到诗人对生命和信仰的肯定，以第二部《马丘·比丘高处》（Alturas de Macchu Picchu）和第九部《让那劈木做栅栏的醒来》为最著名的两首长诗。在西方，500 行的《马丘·比丘高处》被认为是真正的杰作。

马丘·比丘是美洲原住民印加人在秘鲁的古城废墟，在印加国古都库斯科（CUZCO）以北，1911 年才被发掘出来。聂鲁达在 1943 年游历安第斯山脉上的这个废墟，生了感触，两年后写出《马丘·比丘高处》长诗。它的第一章至第五章是诗人抒发登山前对人民苦难和不幸的悲愤，第六章与第七章是对古代文明变为废墟无法解释之谜的哀悼，第八章至第十一章写在高处俯视两河之间的深谷、雄伟的城址以及古代人民的灾难，第十二章为尾声。

这篇译诗是根据 20 世纪 50 年代美国群众与主流出版社的《聂鲁达选集》译出，北岛曾把它拿给江河、杨炼等传抄。后由林一安对照西班牙文原作逐句认真校对并作大量的字句修饰，发表在四川文艺出版社的《聂鲁达诗选》中。偶遇杨炼，他说不如初译好，建议根据初译作底吸收合译的准确性重新厘定。乘出选集的机会我又花费大量时间并参照地图的名称作了修订。

情诗第十四首

每天你与万象之光游戏。

敏感的游客，你在花中和水中来到。

你不只是我每天紧握的双手中

这淡黄的头，有如一束花。

我爱你，所以你和别人不一样。

让我在黄色花环中展开你。

谁以烟的文字写你的名在南方星斗中？

啊，让我记住你出生以前的样子。

风突然怒吼猛敲我关闭的窗户。

天空是一面网，挤满了阴影的鱼。

这里所有的风迟早都要解放它们全部。

雨脱下她的衣服。

鸟儿们逃过去。

风。风。

我只能与人的力量抗争。

暴风旋转暗色的叶子

并给昨夜停泊的所有船只向天空解缆。

你在这里。啊，你没有走开。

你会回答我直到最后一声呼唤。

蜷伏在我身旁仿佛你是害怕了。

虽然如此，一道奇异的阴影曾经掠过你的眼睛。

可爱的人，现在，现在你也给我带来忍冬花。

甚至你的胸脯也带有它的香气。

尽管忧郁的风正在屠杀蝴蝶。

我爱你，我的快乐咬住你嘴唇的李子。

你谅必忍受许多痛苦才得以习惯我，

我野性的，寂寞的灵魂，那使我心荡神怡的名字。

好多次我们看见晨星燃烧，吻我们的眼睛；

暗淡的光以倒转的扇形展开在我们头上。

我的语言的雨点淋湿你，敲打你。

我始终爱你日晒的珍珠母色的身体。

直到我甚至相信你就是万象本身。

我从山里给你带来快乐的铃兰，

黑榛子，装满糖果的乡村小篮。

我要

照应你像春天照应樱桃树那样。

（此三首收入《蔡其矫诗歌回廊·太阳石》）

流 亡 者

一

经过漫漫黑夜，尝遍各种生活，

从泪滴到纸张，从一种服装到另一种服装，

我在那些受压迫的日子里流亡。

逃开警察的追踪，

在透明的夜，在寂寞的繁星下，

我走过许多城市，森林，农庄，港口，

从这一个人的门口出来，

走到另一个人的屋里，和这一个人握手，

又和另一个人，再一个人握手。

夜是阴沉的，但人们供给我

以他们的兄弟般的信号灯，

从崎岖的道路和黑暗中，我一无所知地被带到了

那光亮的门口，那属于我的

小小的星形的标记，

那豺狼还没有吞灭的

在树林中的一小块面包皮。

一天晚上，我来到旷野上的

一所房屋，在这之前

谁也不曾见过，甚至也从未猜想到

有这样的生命存在。

他们的工作，他们的日子，

对于我都是新鲜的知识。

我走进去，他们是一家五口：

全都站了起来，好像在半夜里

被一场火警所惊醒。

我握了一只手

又一只手，我看了一张脸

又一张脸，它们什么也没有告诉我：

它们是我从来都未注目过的

街上的门户，这些眼睛不认识

我的脸。于是

在那浓密的，重新来临的夜晚，

我很快就躺下我的困乏的身子，

为了使我的祖国的悲痛

平息下来。

当我等待入睡的时候，大地

以它繁多的回响，

以它粗粝的喧嚣和细如须蔓的

寂寞的声音，整夜里继续着。

我老是思索："我在哪里？

他们是谁？今天，他们为什么要照顾我？

为什么这些人，他们在这之前

从来也没有见过我，却把他们的门向我打开，

并保护我的歌唱？"

没有一个人回答我，

除了那为蟋蟀所编成的织物，

那落叶的夜的沙沙声，

整个的夜好像在它的林叶覆盖下

轻轻地颤抖。

你夜的大地，在我的窗口

把你的嘴唇凑近我，

让我徐徐入睡，

好像掉在千万张叶子的上面，

从一个季节到另一个季节，从一只鸟巢

到另一只鸟巢，从一根树枝到另一根树枝，

直到我躺下入眠，

好像死者一般在你的树根下安息。

二

这是在葡萄园里的秋天。

无数的葡萄藤颤动着。

它们的葡萄串蒙着白色的面纱，

可爱的手指上带着霜，

而黑色的葡萄粒——

那些小小的鼓起的乳房充满着

循环的河道的某些秘密。

屋子的主人，一个面容消瘦的

工艺师，把那本朦胧时代的

灰白尘俗的书读给我听。

他的善心深知每一只果子

和每一根树干，懂得怎样修剪，

让一株株的树成为亭亭玉立的

酒杯的形状。

他跟他的几匹马说话，

一如对他高大的儿女，

他屋里的几只狗和五只猫

老是跟在他的身边，

有的无精打采地弓起背，

有的发疯似的兜着圈子，

在阴凉的桃树林下。

他熟悉每一根树枝，

和树上的每一个伤痕。

他一面拍着那些马匹，

一面用他的先辈的声音教导我。

三

再一次我探索着黑暗。

我穿过城市。那安第斯山脉的夜，

那放荡不羁的夜，展开了它的玫瑰，

来抚摸我的衣衫。

这是南方的冬季。

白雪已经登上它高高的

台座，寒冷以一千只

冰的钉子灼痛肌肤。

马波乔河①正在大寒的季节。

而我，走在暴君玷污的城市的

这一条和那一条沉默的街上。

啊！我就像那沉默本身，

留心着越来越多的爱蜂拥而来，

经过我的眼睛进入我的胸怀。

因为这些都是我的，

因为这一条和那一条街道，

和那夜晚冰封雪盖的门槛，

那人间的夜的孤独，

和我的水深火热中的深肤色同胞，

他们住在死寂的房屋里，

因为每一样事物，那最后一扇窗户——

那一支小小的暗淡的烛光，

那像密集的黑珊瑚似的

一座挨着一座的小屋，

以及我祖国的土地上那永不疲倦的风，

这一切都属于我，这一切

在沉默中向我举起

充满爱情的丰满的嘴。

---

① 马波乔河（Mapocho），智利的河流，流经首都圣地亚哥。

四

一对青年给我打开另一扇门，

他们也同样是我所不认识的。

她像六月

那样光艳照人，他呢，

一个高大的工程师。从那时起

我分享他们的面包和酒，

逐渐地

我接触到他们的不被人知的心事。

他们告诉我："我们已经

分居了，

我们的误解是永远的；

今天为了接待你，我们才彼此联系，

今天我们一起等候你。"

在那小屋里，

我们联合起来，

筑成一座沉默的堡垒。

即使在睡眠中，我也保持

沉默。

我身处城市的中心，

我几乎可以听见

那叛徒的脚步声，就在墙壁的

那边，我听见

狱卒们的淫秽的叫喊，

他们的强盗的狂笑，

他们的胡言乱语里掺杂着

射入我祖国体内的枪弹。

霍尔格斯和波布莱特①的打嗝声

几乎碰到我发烫的肌肤，

他们的蹒跚的脚步差一点就触到

我的心和心中的怒火：

他们把我的同胞投入酷刑，

我保护着我生命的刀剑。

再一次，我走入黑夜里："再见，埃伦娜，

再见，安德烈斯，再见，新认识的朋友，

再见，建筑物的脚手架，再见，星星，

再见，好像住着细长的鬼魅的，

矗立在我窗前的

未完工的房屋，

再见，每天下午吸引我的目光的

高耸入云的山峰，

再见，你的发光宣布了

每一个新的夜晚的

绿色的霓虹灯。"

五

另一次，另一个夜晚，我走向

更远的地方，沿着海岸的山脉，

---

① 霍尔格斯（Holgers）、波布莱特（Poblete）都是魏地拉的同党。

靠近太平洋的广阔边缘地带，

然后来到瓦尔帕莱索①城中

蜿蜒曲折的街道，小巷和胡同。

我走进一个水手的家。

他的母亲正在等候我。

她说："我直到昨天才知道，

我的孩子告诉了我，你的名字

透进我的心有如寒冬的火。

那时候我说，可是，孩子，我们能把什么

好的东西来款待他呢？他回答道：

——他属于我们，属于

穷人，他不会

瞧不起，也不会讥笑

我们贫困的生活，他喜欢我们，

他保卫我们。于是我对他说，——那好吧，

从今天起，这里就是他的家。"

在那屋里，没有一样东西认识我。

我看到在那洁白的桌布上，

那水瓶透明得就像

从最深沉的黑夜中升起的

以水晶的羽翼感触我的那些生命。

我走到窗口：瓦尔帕莱索

---

①　瓦尔帕莱索（Valparaiso），濒临太平洋，接近圣亚哥的一个城市，智利的著名港口。

睁开它的千万只闪烁的眼睛，

大海的夜气

流入我嘴里，

山上闪烁着灯火，

海上颤抖

月光，黑夜

像一个王国，海浪上燃烧着许多

柳枝绿的宝石，

生命给我以

新的休息。

　　　我看着周围：餐桌

已经摆好：面包，餐巾，酒，水，

大地的芬芳和温暖的感情

使我士兵的眼睛蒙上了泪水。

就在瓦尔帕莱索的这个窗前，

我度过我的许多白天和黑夜。

我这个新的家庭里的水手

每天都去找一艘

能载走他们的船。

　　　　一次又一次

他们都受到欺骗。

　　　　"亚托曼那号"

不能带他们，"苏丹娜号"也不能。

他们给我解释：即使他们把贿赂

送给这一个或那一个官员，可是别的人

付给更多的钱。

　　　　这儿一切都是腐朽的，

就像在圣地亚哥①。

在这里，一个伍长

或者部长的口袋，虽然还没有

张开得和总统的口袋那么大，

但已足够啃光穷人的骨头。

不幸的共和国啊，像狗一样被窃贼

殴打，孤独地

在公路上号叫，又被警察鞭挞。

不幸的民族啊，被魏地拉骑在头上，

被贪心的赌棍当作

呕吐物丢给告密者，

在破烂的街角出卖，

在外国的拍卖商行里被剥掉衣衫。

悲惨的共和国被劫持在一个

出卖他自己的女儿的人②手里，

他又把受伤的，沉默的，上镣铐的

他的祖国出卖给别人。

那两个水手来了，又去了，

搬运一袋袋的货物，香蕉，粮食

一面还在渴望海浪的咸味，

---

①　圣地亚哥（santiago），位于马波乔河（ Mapocho ）畔，是智利的首都。

②　魏地拉把女儿嫁给美国驻智利大使，诗人指出这是件政治交易。

水手的面包，高朗的天空。

当我度着寂寞的日子，海洋
退潮了，于是我转移到山间，
那儿生动地辉耀着
无数悬挂着的房屋，
这是瓦尔帕莱索的脉搏：
高山上充溢着
生命，门户漆上了
绿松石色，猩红色，桃红色，
掉了牙齿的楼梯，
可怜的门口的破烂，
歪倒的茅屋。
雾气撒开了
咸味的网笼罩着一切，
树木绝望地抓紧
悬崖，
洗涤过的衣服悬挂在
那些破烂房屋伸出的手臂上，
突然一声沙哑的汽笛：
那是从码头上发出来的，
水手的呼声混合在
撞击声和低语里。
这一切包裹着我，
就像是一套新的衣裳，

当我居住在高山的雾中，

居住在那穷人的山镇上的时候。

                    六

瓦尔帕莱索，寒冷的锡矿，

我从自己的避难所眺望着

你那灰色的海港，

同那些熟睡的船只，

那月光照亮的微微波动的水面，

那一动不动地堆积着的钢铁。

很久以前的一个时辰，

瓦尔帕莱索，你的海里布满

细长的帆船，骄傲的

五桅快艇，装载

小麦，运送硝石，

从四通八达的大洋来到你这里，

堆满你的仓库。

海上中午时分开来了高大的纵帆船，

晚上开来了旗帜飘扬的商船，

载来檀香，光洁的

象牙，咖啡的芬芳，

和别处月光下的夜色。

瓦尔帕莱索，它们走近你的

隐伏危机的和平，把你包裹在

芬芳中。"波多西号"

载着它的硝石，震颤地

开向大海：

鱼和箭，骚动着的蓝色的海流，

难捕的鲸鱼，向着大地

别的暗夜的港口航行。

整个南方的夜降临在

卷起的帆上，降临在

船首的触角上，

也降临在船头的圣母像上，

向着航行中的那些船头，

整个瓦尔帕莱索的夜，

南冰洋的夜，降临了。

七

那时候是南美洲大平原上硝石的黎明期。

硝石的行星在震荡，

直到智利像一只船

运载着结晶体航行。

今天，过去的时代

已经在太平洋沙滩上不留痕迹。

　　　请注意我所看到的，

落雨般的金钱，别人唾弃的余物，

那些垃圾脓疮，像项链一样，

套在我祖国的脖颈上。

旅行着，让我的凝然不动的眼光

和你做伴，不离开

那瓦尔帕莱覆盆子的天空。

智利人，一片荒凉的土地上的深肤色的儿子，

生活在

垃圾和南冰洋的寒风中。

碎裂的玻璃窗，破漏的屋顶，

坍毁了的墙，陷落的门，

癫病似的白垩，一层

薄薄的泥土

粘在山坡上。

瓦尔帕莱索，不洁的玫瑰，

涂了漆的水手的棺材！

不要刺痛我，用你的荆棘的

街道，

和你的绝顶酸臭的

小巷，不要让我看见

孩子在你致命的沼泽中

被穷困所残害！

在你身上，我感到痛苦，为了我的人民，

为了我的美洲的祖国的一切，

为了他们已刮削到你的

骨头，只留给你一堆糟粕，

为了一个可怜的被摧毁的女神，

在她的可爱的被踩躏的胸脯上

贪馋的狗在那里小便。

八

瓦尔帕莱索，我爱你的一切，

你这光辉灿烂的，大洋的新娘啊，

甚至你那静止不动的雨云后面的一切。

我爱你为那夜晚海上的水手

放射出来的强烈的光，

那时候，你是辉煌的，裸露的

火焰和水雾，许许多多的柠檬在

形成了一朵玫瑰。

我不能让外人来保卫你，也不允许任何人

用粗暴的锤子来打击我所爱的；

没有别人，只有我自己知道你的秘密，

没有别人，只有我的歌声能歌唱你的

发着乳白光的晨露的海岸，歌唱你的

磨损了的梯级，

那是盐海之母吻你的地方。

没有别人，只有我的嘴唇

能触到你寒冷的汽笛的冠冕，

高耸在空中的你的绝顶。

我的大洋的爱人，瓦尔帕莱索啊，

你是世界上所有海岸的女王，

船舶与波浪的中心，

你在我心中有如明月，

或是穿过丛林的一阵轻风。

我爱你的罪恶的小巷，

你的山顶上的一瓣新月，

和你的广场，在那里水手上岸

给春天重新穿上蓝色的衣衫。

我的海港啊，我祈求你了解我，

我的权利就是要描写

你的善与恶，

因为我好像一盏痛苦的灯，

照亮着破碎的瓶子。

九

我曾经旅行过许多有名的海洋，

看见过许多岛屿美丽得像结婚的花冠，

我是一个热爱并且敬畏海洋的诗人，

一次旅程又一次旅程，把我带到

那最远的波涛，

可是你，丰满的海上的爱人，

只有你才碇泊在我的心中。

你是大洋中

多山的首府。

旁着你半人半马的深蓝色的侧面，

你的外围闪耀着

玩具店的

红色和蓝色。

你简直适宜于装在一只玻璃瓶里，

连同你的小而密集的房屋和巡洋舰"拉杜尔号"，

它像一只灰色的熨斗停在一副床单上。

但是现在，强有力的大海的

狂野的暴风雨，冰川吹来的

绿色的疾风，你那破碎的土地的

痛苦，隐蔽的

恐怖，整个海洋的汹涌的波浪，

冲击着你高举的火炬，

把你变成一座幽暗的

巨岩，一座暴风造成的

大洋白浪的教堂。

瓦尔帕莱索啊，我宣告我对你的爱情，

我将重新回来，住在你的十字街头，

那时候，你和我两个

都将要重新获得自由。你

在风和浪的宝座上，我

在润湿的，恬静的土地上。

我们将一起守望自由

在大洋和白雪之间上升。

瓦尔帕莱索啊，孤寂的女王，

在孤单的寂寞中独自伫立在

南方的大洋，

　　　　我认识你高原上的

每一块黄色的巉岩，

我感觉到你奔腾的脉搏，

你海边的渔夫双手拥抱我，

这是我的灵魂在暗夜里

所祈求的，我记得

在你统治的闪烁浪花

所激溅的蓝色火焰的光彩中，

你是多么有威力。

在海边的沙滩上，谁也不及你，

你是水国的女王，南方的明星。

十

就这样，一夜又一夜，

在漫长的阴暗的时间里，

当暮色降临到全智利的海岸，

我，一个流亡者，

从一扇门走到另一扇门。

在我们祖国的每一条田垄上，

还有许多卑微的小屋，许多人，

都在等候着我的足音。

一千次

你经过那道门，那未粉刷的墙，

那花已凋谢的窗户，

它们什么也不告诉你。

这个秘密是属于我的；

它为我搏动，它是

在煤矿区里，

那里空气饱含着痛苦；

它是在港湾里，

那港湾紧接着南冰洋群岛；

听：也许它沿着

喧闹的街道，在那

正午的市声的音乐中，

或在那同其他窗户并无差别的

公园旁边的窗户里；

在那儿等候我的

是桌上的一碗清汤，

和桌边的一颗善心。

所有的门都为我打开，

所有的人都说："他是我的兄弟，

带他到这所穷苦的小屋来吧。"

这时候我的祖国就像是

一架辛酸的葡萄压榨机，上面沾染着

太多的痛苦。

那瘦小的锡匠来了，

那些少女的母亲，

那质朴的农民，

那肥皂工人，那温和的

女小说家，

还有那像一只甲虫被钉在阴沉的办公室里的

青年。他们都来了，他们的门

都有一个秘密的信号，一把钥匙，

像一座堡垒被守卫着，因此我可以

突然地进去，

晚上，白天或下午，

并不认识任何人，却能对他说：

"兄弟，你知道我是谁，

我相信你是在期待我。"

十一

叛徒啊，你能够对空气做些什么呢？

叛徒啊，你对那些等待着我的，

诅咒着你的，镇静

而警惕的，像茂盛的花朵一样的人，

能够做些什么呢？

叛徒啊，那些被你所收买的人，

你必须不断地用金钱来灌溉。

叛徒啊，你可以逮捕，放逐和拷打，

可以急忙地付款，

在那出卖者尚未悔悟之前；

但是你只有在你收买来的枪支的保护中，

才能入睡，

而我，一个黑夜的流亡者，

却生活在我祖国的怀抱中！

你在渺小而不可靠的胜利里

多么可怜！阿拉贡①，爱伦堡②，

艾吕雅，巴黎的诗人们，

委内瑞拉的勇敢的作家们，

还有别的，更多更多的人们，

都同我在一起；而你，叛徒啊，

只被埃斯坎尼利亚，奎瓦斯，

贝路库内斯，波布莱特③所围绕！

在我的人民所竖立的楼梯上，

在我的人民藏身的地下室里，

在我的祖国的土地上，在她的鸽子的翅膀下，

我睡眠，做梦，冲破你的边境。

十二

向每一个人，向你们

沉默的黑夜中的生命，你们在幽暗中

紧握着我的手，向你们

不灭的灯光，星星的行列，

生命的面包，我秘密的兄弟，

向你们所有的人，我说：

没有任何一种感谢，

---

① 阿拉贡（Aragon）和艾吕雅（Eluard），都是法国著名诗人、作家，共产党员，第二次大战中法国沦陷时期的抵抗运动者。

② 伊里亚·爱伦堡，苏联著名作家，他与阿拉贡、艾吕雅都是聂鲁达的好友。

③ 埃斯坎尼利亚（Escanilla）、奎瓦斯（Cuevas）、贝路库内斯（Peluchonneaux）、波布莱特（Poblete），全是魏地拉的同党。

没有任何东西可以斟满你们

纯洁的酒杯，也没有任何东西可以体现

那不可战胜的春天的旗帜上的阳光，

像你们的镇静的庄严。

我只能这样相信，

也许我是值得你们给我

这样一片真心，这样无瑕的

一朵玫瑰，也许我就是

你们中间的一个，

就是你们自己，

那一块泥土，一撮面粉和一支歌曲，

那大自然的生面团，它知道

它从何而来，它又

属于什么。我既不是

遥远的钟声，

也不是深埋土中的结晶体，

使你们不能了解我，

我就是普通人民，那扇隐藏的门，

那块黑面包。当你接待我，

也就是接待你自己，也就是那客人，

他曾经无数次被打下去，

又无数次

站起来。

　　　所有的事物，所有的人，

所有我不认识的，

那些从来没有听见过我的姓名的，那些
沿着我们漫长的河流之滨居住的，
在火山脚下，在含硫的
铜矿的幽暗中的人，渔民和农民，
那在像窗户般闪烁的湖的滨岸
被湖水映得发蓝的印第安人，
还有那鞋匠，此刻他用老年的手在钉皮革；
你们，不认识的，等候我的你们，
我承认，我属于你们，
我为你们歌唱。

十三

美洲的沙原，庄严的
耕地，红色的山脉，
被积年已久的不幸
所鞭笞的儿子，兄弟，
让我们收集起所有富有生命的谷粒，
在它们回到大地去之前，
可能那正在出生的新的谷粒
已经听到你们的话并且重复
它们，一再重复，
并日日夜夜歌唱，
咀嚼，吞咽，
传布到全地球，
再很快地落下，沉默，

隐藏在岩石下，

找到夜的门户，

又再一次诞生，

分散自己，引导自己，

像面包，像希望，

像那萦绕着船舶的空气。

那谷粒将把我从人民中

吸取来的歌曲带给你，

去生长，去建造，去歌唱，

去重新变成种子，

在战斗中越变越多。

这里是我被遗失的双手，

你在黑暗中看不见它们，但是你

透过黑夜，透过无形的风，

可以看见它们。

把你的手给我吧，我看见了它们，

在我们美洲的黑夜里，

在粗糙的沙原上，

握着你所要握的手，还有你的，

这一只手和那一只手，

在战斗中举起的这一只手

和回去重新播种的

那一只手。

在大地的阴暗的黑夜中

我并不感到孤独。

我是人民，不可胜数的人民。

在我的声音里有着无可怀疑的力量，

它能超越沉默，

在黑暗中播种。

苦难、黑夜、冰雪、死亡，

突然降落在种子上。

人民仿佛已经被埋葬。

然而谷粒回到了大地上，

它的红色的永不妥协的手，

刺穿了沉默，

它从死亡中一次又一次获得新生。

译奥迪塞乌斯·埃利蒂斯[*]诗

英 雄 挽 歌

——献给牺牲在阿尔巴尼亚战役的陆军少尉

一

在太阳最早居留的地方

在时间像处女的眼睛张开的地方

当风吹得杏花雪片纷飞

而骑兵把草尖点燃之际

那里的一株华丽的梧桐树将枝叶敲响

一面军旗高高在大地和水上飘动

那里从来没有人扛过枪杆

---

* （希腊）奥迪塞乌斯·埃利蒂斯（现译奥季塞夫斯·埃利蒂斯），
1911—1996。

一切只有天的劳作
整个世界像一颗露珠照耀
在清晨，在山麓

此刻，仿佛上帝在叹息，一种阴影展开

此刻痛苦弯腰以瘦弱的手
将鲜花一朵朵摘下毁掉，
在早已断流的溪谷
歌声因欢欣死亡而绝灭，
岩石如阴森的披发僧侣
在寂静中切开荒野的面包。
寒冷渗透人心。某种不幸
行将发生。山之马鬃毛竖起。

兀鹰在高空分摊天的面包屑。

二

此刻一阵激动自混浊水中升起
风缠住簇叶吐掉它的遗骸
果实咯出它的种子
大地藏起它的石块
恐惧埋头向前挖地道地洞
当一片母狼云，嗥叫着
从天空的林薮奔出，

从平原表层撒出一阵震颤的暴风雨
然后白雪纷飞，纷飞，无情的白雪
然后它嗡嗡着进入饥饿的山谷
然后逼使人们回答：
用火或者用刀剑！

对于那些带着火或刀剑出发了的人
邪恶会在这里投降。十字架毋须绝望
只要请求紫罗兰离这里很远。

三

对那些人黑夜是更加惨痛的工作日
他们熔化钢铁，咬嚼大地
他们的上帝散发出硝烟和驴皮味

每一声霹雳都是驰骋天空的死亡
每一声霹雳都是人微笑着面对
死亡——让命运随着她怎样说吧。

突然地枪未打响瞬间攻击的胆量
猛投裂片径直向太阳飞射
望远镜，准星，迫击炮都因恐怖冻结

那么容易，像白布被风撕裂
那么容易，像肺腑被石头刺穿

钢盔滚落到左边……

根只有瞬间在大地震颤
然后烟散了而白昼怯生生地试图
消磨地狱般的骚乱。

但是夜升起像条被踩的毒蛇
死亡在边缘踌躇了片刻——
然后用他苍白的爪子深深地钉住。

四

现在微风吹拂他寂静的头发
一根无心的嫩枝搭在他左耳
他躺在烧焦的斗篷上
像一所庭园鸟儿突然飞走
像一支歌在黑暗中缄口无言
像一座天使的时钟刚刚停摆
无遮蔽的眼睫毛轻声说再见
而惊愕已成僵化

他躺在烧焦的斗篷上
黑暗的岁月围困他
当静得可怕中带有瘦狗们的吠声
和再一次变成石鸽的每一小时
聚精会神地在倾听。

但笑声已被烧毁，土地已被震聋

无人听到那最后的尖叫

整个世界随同那最末临终叫声而空虚了。

在五棵松树下面

没有其他像蜡烛般的东西

他躺在烧焦的斗篷上。

头盔空着，血染污泥

在他旁边那支枪处在半击发状态中抛落

而双眉中间

痛苦的小井，命运的印记

细小的惨伤的红黑色窟窿

泉水中记忆已经凝结。

啊不要看啊不要看生命从什么地方

生命从什么地方离开他。不要说

不要说那梦的轻烟是怎样升起

就这样一刹那就这样

就这样一刹那将另一刹那抛弃

而全能的太阳就这样突然离开世界。

五

太阳啊，你不是无所不能吗？

鸟呀，你的欢乐时辰不是永无止息吗？

光明呀，你不是云的莽汉吗？

而你，庭园，你不是花卉的演奏厅吗？

难道你不是，黑色的根，木兰花的长笛。

像一棵树在雨中战栗

像空虚的肉体被命运涂黑

像一个狂人用雪鞭打自己

而两眼被泪水淹没——

哎，小鹰问，那个年轻人在哪里？

于是所有的小鹰都惊讶那个年轻人哪里去了。

哎，悲叹着的母亲问，我的儿子在哪里？

于是所有的母亲都惊讶她们的儿子们哪里去了。

哎，朋友问，我的兄弟在哪里？

于是所有他的朋友都惊讶他们中最年轻的哪里去了。

他们摸摸雪，热得发烫呀

他们摸摸手，它却冻结

他们咬一口面包，它就滴血

他们深深凝望天空，而天空变得苍白

为什么为什么为什么呀，死亡不给人温暖

为什么有这样的不神圣的面包

为什么是这样的一个天空，那里过去是太阳常在呀！

六

他是个漂亮的小伙子。他诞生那一天

色雷斯群峰弯身展露

大地肩头欢庆的麦穗，

色雷斯群峰弯身濡沫

先在他头上，后在他胸上，然后混入他的泪水。

希腊人带着可怕的武器来到

高举他在北风的襁褓里……

然后岁月飞逝，他们在运动中猛掷石头

跨马奔跃。

然后早日的斯垂蒙河滚滚而下

直到吉卜赛人的银莲花到处响起

而从地球的两端来了

大海牧羊人驱赶贴封条的羊群

到一个深深呼吸的洞穴

到那一块悲鸣的巨石。

他是一个强壮的小伙子

晚上同橙子林的女孩子一起躺着

他涂染星星们的长袍

他心中的爱情就是这样

以致他饮尽大地所有的芬芳

然后与白衣新娘们一起跳舞

直到黎明得知将阳光浇进他们的头发，

那张开双臂的黎明发现他

在涂绘两根树枝鞍部的太阳，

描画花朵，

或者又对小小的通宵不眠的猫头鹰

用温柔声音唱摇篮曲

啊，他的呼吸多么像一枝百里香那样强烈，

他裸露的胸膛多么像一张骄傲的地图
那里自由，那里大海轰响……

他是一个勇敢的小伙子。
带着他的金纽扣和他的手枪
带着一派男子汉的风度在他的步态中
而他的头盔是一个闪光的射击目标
（他的头颅，那是还不知道什么叫邪恶，
却是那样容易地被击穿）
他的士兵排列在他左右
在他的面前给非正义以报复
——以射击回答无法无天的射击——
他的眉毛上带着血
阿尔巴尼亚群山发出隆隆雷声
然后他们融化雪来洗刷
他的身躯，一只黎明时不作声的触礁船骸
他的双手，两片开阔的荒原
阿尔巴尼亚群山发出隆隆雷声
他们并不哭泣？
他们为什么要哭泣？
他是一个勇敢的小伙子。

七

树林是黑夜没有点燃的木炭。
风在猛扑，捶它的胸，风再次捶它的胸；

323

没有结果。群山跪在寒霜中

在寻找避难所。而深渊吼叫着

攀登悬崖，从死者的髑髅……

连悲哀也不再哭泣。像个疯妇人

丧失了孩子，在转来转去，胸上佩戴嫩枝般的十字带，

她不哭泣，只是穿着埃庇诺斯山的黑丧服，

她高高升起并缀上一个新月形的徽章

免得行星旋转时会看到它们的阴影

会遮蔽他们的光辉

并且停止不前

在混沌中疯狂地喘息……

风在猛扑，捶它的胸，风再次捶它的胸

寂寞紧紧抓住她的黑披肩

躬身在月形的云朵后面倾听

她倾听什么，远隔云一般的岁月？

她肩上披着褴褛似的头发——哎，由她去吧——

半是蜡烛半是火，一个母亲在哭泣——由她去吧——

让她在冰冻的空房里打转

因为命运从不为人守寡

母亲生来是为了哭泣，男人是为了争斗

庭园是为了在一个少女胸上开花

鲜血是为流淌，海涛为咆哮

而自由是为了不停息地闪耀。

八

既然他的祖国在地球上黯淡了

请告诉太阳另找一条轨道

如果他要保全他的骄傲。

或者用土壤和水

让他在别处碧空铸造一个小小的希腊姐妹。

告诉太阳另找一条航路

以便避免碰上哪怕只是一朵雏菊

告诉雏菊以一种新的童贞来开放

这样她才不致为外来所玷污。

把野鸽从那些手指间解放吧

也别让任何声音读到水流的苦恼

当天空轻柔地吹入一个空的贝壳

不要向任何地方递送绝望的信息

不要从骑士的花园带来

他的灵魂在那里激动的玫瑰

他的呼吸在那里跳搏的玫瑰

在一只小小的美丽的蝶蛹身上

那个经常改换它的缎子光泽的衣裳

在阳光中，像五月的金龟子在金粉上渐入陶醉

鸟儿们从树林轻盈地飞来探听

通过什么种子的萌芽这盛名的世界才得以诞生。

九

带来新手，为此刻谁要登高

给星的孩子们唱摇篮曲。

带来新肢，为此刻谁要首次

加入天使的舞蹈。

新眼睛——啊我的上帝——为此刻

谁将为所爱的百合花俯身。

新血液，为以怎样快乐的祝贺他们将举火和嘴，青铜的

紫红的新嘴

为此刻谁将吩咐云再见。

白天，谁将面对桃叶

黑夜，谁将制服麦田

谁将散布绿色的烛光越过平原

或勇敢地喊出面对太阳

穿戴自己在暴风雨中跨着刀枪不入的马

成为造船厂的阿喀琉斯

谁将去到神话中的黑岛

去吻卵石

而谁将睡眠

通过梦的深渊

去找新的手、肢、眼

血液和言谈

再一次站在大理石打谷场

并带着他的神圣的格斗——啊，这时——与死格斗。

十

太阳，青铜的声音，神圣的地中海季风

发誓在他胸上给他生命

任何黑暗势力都不能在那里得逞

只有桂树枝渗进来的光

和露珠的银辉，那里只有十字架

闪烁，好像宽宏大量的黎明

和仁爱，手持宝剑，起来

通过他的眼睛和它们的旗帜宣言："我活着。"

祝你健康，古老的河流，你在黎明看见

上帝这么一个孩子，一段石榴枝

在他的齿间，在你的水中薰香他自己；

祝你健康，乡野的枸杞树，你打扮自己

当安达洛苏斯企图偷他的梦；

也祝你，正午的泉水，你触抚他的脚

还有你，姑娘，你是他的海伦，

他的小鸟，他的圣处女，他的七曜之星，

因为假若一生中只有一次

一个人的爱情会有回响，点燃

一个又一个星体，那神秘的太空

神圣的声音会经常到处占领

用鸟儿小小心脏装饰树林

用茉莉的七弦琴装饰诗人的谈话。

而且让它一经发现就把隐藏的邪恶铲除

让它一经发现就用火把隐藏的邪恶烧净。

十一

那干坏事的——因为苦恼

曾僭据他们的眼睛——在踉跄前进

因为害怕

曾僭据他们的苦恼，他们在黑云中迷失

后面，不再有更长的羽毛在他们额上

后面，不再有更长的爪子在他们脚上

那里海剥夺葡萄树和火山，

再一次向家乡的田野，带月犁耕

再一次向家乡的礁石，带查伦哥的四弦琴

后面，向那灵猩的脚爪

小块肉和那里最近的暴风雨

只要白茉莉在女人的收获季节。

那些干坏事的人已被一阵黑云接纳

在他们后面，他们已没有冷杉和冷泉的生活

羔羊，酒和步枪，棍棒和葡萄架也没有

他们没有橡树爷爷和发怒的风

站在守护十八个日夜

以悲痛的眼睛。

一朵黑云接纳他们，在他们后面

他们没有虚张声势的叔叔，没有荷枪的父亲，

没有以她们自己的手屠宰的母亲

或者是那母亲的母亲，露胸，跳舞，

给她们自己以死的自由

那些干坏事的人已被一阵黑云接纳

但是他面对那天的大路

此刻独自上升而灿烂辉煌。

十二

在开阔的绿草上以清晨的脚步

他独自上升而灿烂辉煌。

雌雄同株的花秘密向他致意

以在高空消失的温柔的声音对他说话

害相思病的树向他弯身

带着鸟巢埋藏在他的腋窝

它们的枝叶浸在太阳的油彩里

奇迹——怎样的一种奇迹——下落地上

白人部落以蓝色犁头雕刻田野

高峰照耀在远方地平线

而，更深的寂静，是春天群山的不可接近的梦幻

他独自上升而灿烂辉煌

以致他的心显示在光中如此淋透

真实的奥林匹斯从云中露出

空中充满朋友的赞扬……

此刻梦比血跳得更快

动物集合在小路边

咕哝而且盯着看就像它们在谈话

整个世界真正是庞然巨物

他爱护他的孩子，

在远方水晶之钟敲响

明天，他们说，明天，是天上的复活节。

十三

在远方水晶之钟敲响

他们说，谁曾在生活中燃烧

好像一只蜂在百里香中骚动；

黎明在东方的胸脯闷住

虽然它允诺一个光辉的白日；

那在心中闪亮并走出的雪花

当间隔的射击已听到

高高在头上的阿尔巴尼亚鹧鸪飞去哀悼。

他们说甚至没有时间哭泣

为生命的爱情的深沉悲伤

他曾经当风在远方增强

鸟在一个废弃磨坊的横梁上鸣叫

为了妇女他喝饮荒凉的音乐

站在窗前牢固地扣紧他们的头巾

为了妇女他从绝望到绝望地被驱赶

等待一个黑信号在草地边缘。

于是马蹄铁在门槛后面铿锵

他的温暖的未受抚爱的头

他的已经非常深地弥漫过生活的大眼睛

都再也不会重现一次。

十四

如今梦比血跳得更快

世界在最关键时刻发出信号：

自由，

为黑暗中的希腊人指出道路：

自由，

为了你，太阳将因欢乐而哭泣。

彩虹色的海岬倒入水里

满帆的船在草地巡航

那里天真的姑娘

赤裸着在男人们的视线内奔跑

而羞怯在栅栏后面高叫

朋友们，哪里也不如这里可爱

世界在最关键时刻发出信号。

以黎明的脚步在开阔的绿草上

他愈来愈高地上升；

现在围着他照耀

那一度消隐的渴望

在罪恶的孤寂中；

他心灵的渴望是白热的；

小鸟欢迎他，它们似乎是他的兄弟

男人们呼唤他，它们似乎是他的伴侣

"鸟儿，幸福的鸟儿，死亡在这里消失。"

"朋友们，我最亲爱的朋友，生命从这里开始。"

一个天国的光晕在他的头上放射光辉。

远处水晶的钟声宣布：

明天，明天，明天是上帝的复活节。

（收入《蔡其矫诗歌回廊·太阳石》）

译奥克塔维奥·帕斯[*]诗

1914 年生于墨西哥城，祖父是记者，写过印地安生活的小说，祖母是印第安人，父亲是记者和律师，曾任革命将领萨帕塔的外交特使，母亲是西班牙移民，虔敬的天主教徒。1937 年由聂鲁达介绍赴西班牙参加反法西斯作家代表大会，并去法国与超现实主义作家接触，又返西班牙前线受血与火的洗礼。1957 年写代表作《太阳石》。1968 年抗议墨西哥政府镇压学生辞去驻印度大使。1990 年获诺贝尔文学奖。

古代墨西哥阿兹特克人的太阳历石，圆形，重 24 吨，直径 3.58 米，1470 年至 1481 年刻凿而成，1790 年出土于墨西哥城中心广场。历石中心为阿兹特克族神话中的太阳神。

《太阳石》全诗 584 行，首尾重叠，如太阳石的圆形循环，无句号，结尾加冒号。诗的内容：时间、记忆、恋爱、艺术、写作、生与死、存在与虚无、瞬间与永恒。诗中大量运用的意象：太阳、光芒、透明、回廊、镜子、影子。诗的技巧：拼贴、象

---

* （墨西哥）奥克塔维奥·帕斯，1914—1998。

征、反复、通感、蒙太奇与意识流，并融汇历史、典故、现实、超现实、梦幻、人物、事件等瞬间感受和心理独白。深刻的民族性与广泛的世界性结合，为拉丁美洲现代派诗歌的代表，又是世界现代派诗坛的杰作。

他曾翻译李白、王维、苏轼的诗，并把《易经》和李煜引用诗中。本诗译自1987年温伯格的英译本。

——蔡其矫

太 阳 石

即便是第十三个归来……仍同第一个一样，

总是独自的——而且是在不同凡常的时刻；

由于你是皇后呵，便是首屈一指或极品的一个吗？

因为你是王，便是超凡入化或至高无上的情人吗？

——热拉尔·德·涅瓦尔①《阿尔特米斯》

一棵晶莹的垂柳，一棵水亮的白杨，

一柱为风掀起举向高空的喷泉，

一株深深植根而依然无声舞蹈的树，

一条向前激荡翻滚的河，

轮番回归，以圆满的循环

不断来到：

星辰或春光

---

① 涅瓦尔，法国诗人，诗引自《幻景》组诗中的一首十四行诗。

从不匆忙的平静运行，

双目紧闭而夜以继日地

淌出精确预言的流水

一种汹涌澎湃中的一个孤独存在，

一浪复一浪直到覆盖一切，

一种不会衰颓的知识的绿色统治，

有如在空中展开翅膀瞬间掠过，

一条穿越未来时日的荒野的路，

和那些痛苦的幽暗光华如一只鸟

它的鸣声会使一座森林变为石头，

和那些消失了的枝条间急切的快乐，

那被鸟儿啄去了的光辉时刻

和那些从手中滑过的预兆，

一个急遽的出现如一阵突发的歌声，

好似一座燃烧的建筑中风的轰鸣，

一次把握世界和所有它的

那些悬在空中的山和海的瞥视，

被一块玛瑙滤过的发光的身体

发光的大腿，发光的腹部，一个个海湾

太阳照耀的石头，云色的身躯，

一种轻快跳跃的白昼的颜色，

那钟点闪过并持有一种形体，

通过你的形体那世界是可见的，
通过你的晶莹世界变得清晰，

通过声音的回廊我走我的路，
我在现实的回声中游动，
我穿过透明如同我是盲者，
被一种映射擦掉，又在另一个映射中出生，
呵，那成为魔术之柱的树林，
穿过光的拱门我走进
一个晴朗秋天的回廊，

我如行走在世界行走在你的身体，
你的腹部是一个充满阳光的城市广场，
你的双乳是两座在那里以平行的典礼
演奏它自己血液的教堂，
我的目光垂拂你如常春藤，
你是一座海水冲刷的城，
一堵被光劈开的壁垒的延墙？
桃子颜色的两个等分，
一个盐的领域，岩石和鸟儿
在忘怀感化的午间，
以我的欲望色彩包装。
宛如我的思想你裸身行动
我走进你的眼眸，像那海水
老虎在这样的眼中啜饮它的梦，

蜂鸟在这样的光焰中焚烧，

我在你的前额游动，如同月亮，

如同穿过你的思绪隘口的云，

我游走在你的腹部，如在你的梦乡，

你的干草裙子作潺潺声和嘘嘘的响叫，

你的晶体裙子，你的水色裙子

你的唇，你的头发，你的目光雨

在全部夜晚间和所有白天滴落

你用你水色手指开启我的胸，

你用你水色嘴唇合上我的双眼，

你落在我骨骼上的雨，一棵液体的树

输送水的根须扎进我的胸，

我历览你的腰肢，如一条河，

我历览你的身体，如一座森林，

如一条峭壁尽头的山中小路

我沿着你的思想边缘行进，

而我的影子从你的前额跌落，

我的影子粉碎，而我收集那些碎片

以无形的身体向前去，摸索我的路，

记忆那无穷尽的回廊，那些门

它开向空寂的居室

在那里整个夏天已经枯萎，

渴望的宝石已在它的深处燃烧，

那些脸孔已在回忆中淡化，

手也在我接触中解体，

头发编织为成群的蛛网

把过往年月的微笑覆盖，

从我的前额出发，我寻找

我寻找而没遇见，寻找一个瞬息经过的，

一张暴风雨的容颜和那闪电的瞬间

奔跑着穿过夜的森林，

一张在暗夜花园中的雨水的脸容，

那在我的身边漫过的无情的水，

我寻找而没见到，我独自写作，

无人陪伴，而时日幕落，

年岁结束，我在此时陷落

我陷落到底，在我破碎心像的

重复反映上面，看不见路

我走过时日，那流浪的时刻，

我走过所有我的阴郁思虑，

我走过正在寻找的一个个瞬间阴影，

我寻找一个活着的瞬间如同一只鸟

寻找下午五点钟的太阳①

①　指 1936 年西班牙诗人洛尔加被反动派枪杀。

火山岩围墙炽烈的阳光：

它催化葡萄串成熟的时间，

当大门打开，一群女孩从果实中溢出，

在学校的鹅卵石天井疏散开，

人已在秋天长高并走出

被光亮的拱廊吸引，

而环绕的空间，包装她以一种皮肤

使她更金贵和更透明，

斑斓的虎，棕色的鹿

在黑夜的外围，女孩

斜靠在雨中绿色阳台上幽会，

青春期尚未定型的脸，

我忘记你们的名字，玛鲁辛娜[①]

劳拉[②]，伊莎贝尔[③]，帕西芬妮[④]，玛丽，

你的脸是所有的脸又一点也不是，

你是所有的时间又一点也不是，

[①]　玛鲁辛娜，中世纪传说中的仙女，下体为蛇，丈夫发现后将她逐出。

[②]　劳拉，意大利诗人彼特立克的恋人，诗人在《歌集》中对她热情赞颂。

[③]　伊莎贝尔，葡萄牙贵妇，她拒绝了著名诗人维加的爱情。

[④]　帕西芬妮，希腊神话中宙斯和谷物女神的女儿，在采花时被冥王劫走，强娶为后。

你是树，是云，是所有的鸟

你似一把单独的，剑的锋刃

和刽子手的血盆，

你似蔓延，纠缠，连根拔起的常春藤

与自身切断使灵魂前进，

翡翠上火焰的字迹，

岩石的裂缝，蛇的皇后，

雾的圆柱，巨石中的泉水，

月的卷须，鹰的巢，

大茴香籽，很小的致命的针芒

那带来永恒痛苦的尖刺，

海沟中的牧羊女，

幽灵深谷的守门人，

从绝顶峭壁垂落下来的藤蔓，

缠结的葡萄，有毒的植物，

苏醒的花，活泼的葡萄粒，

吹长笛的女士和闪电，

素馨花坛，揉入伤口的盐，

献给被击倒的人的玫瑰花枝，

八月的雪，绞刑架上空的月亮，

火山岩上的海的痕迹，

沙漠上的风的痕迹，

太阳的遗嘱，石榴树，麦穗，

热情的脸，凝视的脸，

那通向同一样的天井同一样的墙的

在灾难年代和蹉跎岁月

被伤害的青春的脸，

同一样热情的瞬间，那出现在热情的

所有的脸都是唯一的脸，

所有的名字都是唯一的名字，

所有脸一张唯一的脸，

所有的世纪一个唯一的时间，

贯穿所有的世纪的世纪

一双眼睛将通向未来的关闭的路，

在我面前一无所有，只有瞬间

从今夜交缠的梦中救出

梦的联想，一个瞬间的雕像

从梦中，从今夜无物中

撕下，以手举起，字

连着字，时间在外面，流逝

而去，关进我灵魂的门限

是那带着它的嗜血纪录的世界，

只一瞬间，当城市，名字，

气味和一切活的事物

在我盲目的前额上溃散，

当夜的忧愁逼迫我的思想，

压下我的脊骨，和我的血的流动
成为迟钝的人，我的牙齿动摇
我的眼里阴云密布，我的时日
和岁月堆积着可怕的空虚，

当时间合拢它折叠的扇
在它的形象后面一片茫然，
瞬间堕入深渊又浮出
为死的浮游物所包围，
为夜的不祥的呵欠所威胁，
为那戴面具的活跃的死亡所惊恐，
瞬间堕入深渊，
沉入下去好像握紧的拳头，
好像一个熟透了的果实
并痛饮自己，溢出外面，
这个瞬间，透明的，让自己密封起来
再在内部糜烂，渗出根来，
在我心中生长，多次和我谈论，
它的高热度的叶片催促我出来，
我的思想不过是它的鸟儿，
它的水银流经我的脉管，心灵的
树，长出时鲜的水果，

呵，将有的生活，已有的生活，
那在大海的浪涛中归来的时间

那从不回头退却的时间

过去并不过去，它是一直挨近现在的，

并悄悄地流入下一个模糊的瞬间：

在岩石和硝田的一个下午，

以不可见的刀片装备的你用红色的

难以辨认的草书体刻画在我皮肤上，

那伤口如包扎我以一套火焰的衣裳，

我没完没了地燃烧，我寻找水，

在你眼中没有水，它是石造的，

你的胸，你的肚子，你的臀部是石头，

你的嘴有尘埃味，你的嘴

有如中毒时的味，你的身

有如那已封闭的矿井的味，我渴望的眼

不停闪烁如一面面镜子的走廊，那经常

引导我回到它起点的走廊，

你扶我如一个盲者，用手牵引

穿过无情的回廊走向圆周的

中心，而你起立如同

凝结于一把斧子的华彩，如同它裸露的锋刃，

清晰如一座命定的断头台，

柔韧似鞭而瘦薄似武器，

那是月光的孪生姊妹，你犀利的语言

挖掘我的胸，疏散我

并弄空我，一次又一次

挖掉我的记忆，我已忘记我的名字，

我的朋友同猪在泥中打滚

或在深谷中枯萎并被太阳吞没，

现在我除了内部一个宽大伤口别无所有，

一个现在无人涉足的空地，

一个不中看的场所，一个重复地

一再讲述他自己，只反映他自己的思想，

而在他自己的透明中已失掉他自身，

一种只注视他自己观察的眼睛

所戳穿的自知之明上，直到沉溺

在清澈中：

　　　　　我看到你的讨厌的甲壳，

玛鲁辛娜，在黎明中照耀青春，

你在被单中卷曲而眠，

你醒来尖声叫喊如一只鸟，

而你坠落再坠落，直到苍白而且破碎

除了你的叫喊声你什么也没留下来，

而我发现自己也在年岁之末

视力衰退和咳嗽不止，只是去翻遍

所有的旧照片：

　　　　　那里无人，你谁也不是，

一堆灰烬和一把用坏了的扫帚，

一把锈了的刀和一把羽毛掸子，

一副挂在包裹骨头上的皮毛，

一些枯萎的树枝，一个黑洞，

在洞底那里有女孩的眼睛
她在千年前淹死，

那些埋在洞底的目光，
那些从一开始就注视我们的目光，
那年老母亲的女孩般的目光
她看她成熟的儿子为一个年轻父亲，
那寂寞女儿的母亲般的目光
她看她父亲为一个年轻的儿子，
那从深处注视我们的目光
是生命，又是死神的陷阱
　　——或者相反，陷入那些眼睛
便是返回真实的生命？

去坠落，去回归，去自我做梦，
去为未来的其他人的眼睛做梦，
去另外的生命，去不同的云，
甚至去另一次的死亡中消逝！
　　——这一夜是充足的，这一瞬
尽管它没有展开并揭示
我在哪里，我是谁，什么是我的名字，
什么是你的名字：
　　　　　　是我为这计划制定
为了夏天——为所有的夏天——

在克利斯朵夫①街上，十年前，

和菲利斯一起，她有两个小酒窝在她脸颊

那里麻雀会来啜饮光明吗？

在改革广场②上卡门曾对我说，

"这里空气很干燥，它永远是十月"，

或者是她向另一个说的我已忘记，

或者是我虚构它而没有人说起它吧？

在瓦哈卡③我曾步行一整夜

墨绿而且硕大的夜色如一棵树，

我自言自语好像疯狂的风，

回到我的房间——总是那一个房间

镜子已经真的不认识我吗？

我们是在韦尔内旅馆守望黎明

与栗子树一起翩翩起舞——

是你说"已经很晚了"，边梳你的头发，

是我注视墙上污斑而一言不发吗？

是我们两人一同登上顶楼，

是我们眺望黄昏降落在礁脉上吗？

是我们在比达特吃葡萄吗？在佩鲁特④

是我们买栀子花吗？

---

① 克利斯朵夫，美国港口城市伯克利的一条街道。

② 改革广场，在墨西哥城。

③ 瓦哈卡，墨西哥一个州的首府。

④ 佩鲁特，维拉克鲁斯的一条大街。

名字，地点，

大街和小巷，面庞，广场，

街道，公园，车站，单人的

房间，墙上污斑，有人

梳她的头发，有人穿衣，

有人在我身旁唱歌，

地点，街道，名字，房间，

马德里，1937 年

在天使广场妇女们正在缝纫

同她们的孩子唱歌，

后来，响起警报尖声嘶叫，

房屋在灰尘中屈膝，

钟楼破裂，正面吐出唾沫

引擎发出飓风的嗡嗡声：

两个赤身裸体的人在做爱

为捍卫我们那永恒的权利，

为防护我们那一份乐园的时刻，

为触摸我们的根，为援救我们自己，

为收回过去千年被生活的盗贼

从我们手中劫走的遗产，

那两个赤身裸体的人在接吻

因为那两个身体，裸露并且交缠，

超越时间，他们是牢不可破的，

什么也不能干扰他们，他们返本归真，

这里不管是你，不管是我，不管是明天，

不管是昨天，没有姓名，两个人的真理

结成一个单纯的肉体，一个单纯的灵魂，

呵，多么美好圆满……

　　　　　　房间飘浮在

那些倒塌沉没的城市中，房屋和街道，

创伤一样的姓名，房间的窗户

向外看到别的房间

有同样褪色的墙纸，

那里一个穿衬衣男人读报

或一个女人熨衣；阳光照耀的房间

它唯一的客人是一棵桃树的枝条，

而另一房间，那里阴雨连绵

天井和三个小孩的外面

它已生锈；那宛似船的房舱

在光辉的海湾礁岸上颠簸；或者好像

潜水艇的房间，沉默溶解入

绿色波浪，我们碰到的一切

都发出磷光；那是辉煌的陵墓

虫蚀了的肖像，未铺开的地毯：

梯子，套房，迷洞，

鸟笼和有号码的房间，

一切都改样，一切都飞散，

个个雕花都成云，个个房间
都开向大海，乡村，广阔的
天空，每一张桌子都像为宴会而设；
如贝壳不可穿过，时间安排的纠缠
对它们都是徒劳的，那里没有时间
没有墙：空间，空间，
张开你的手，抓住这些财富
摘取那果实，让生命饱餐
伸展开四肢在树下畅饮

一切都已变化，一切都很圣洁，
每个房间都被世界关心
都是严重的夜晚，严重的白天，
当两人接吻世界便诞生，
一滴光芒来自晶莹液汁，
房间裂缝半开似一粒石榴
或沉默中炸开似一颗星，
法律已被老鼠啃光，
银行和监狱的铁栏，
纸封条，带钩的铁丝网，
橡皮图章，刺刀和警棍，
低声哼念单调的对战争的布道
那高帽和长袍下的温柔蝎子，
戴大礼帽的老虎，红十字和
素食主义者会社的会议主席，

校长驴子，鳄鱼角色，

被树为救星，国民之父，

封为领袖，那骗子，未来设计师，

以及穿制服的猪，上帝的宠儿

他们用圣水刷他们的黑牙并上民主和

英语会话的晚课，一堵看不见的墙

那被用来把人从其他人隔开和人从他自己

隔开的腐朽面具，

这一切

都从一个重大瞬间落下，我们瞥见

我们失落的个体，和人的存在的

凄凉，作为人并与人

分享面包，太阳的光荣的丧失

以及对活着的人的惊人的遗忘；

去爱就是去战斗，如果两人接吻

那样世界就会起变化，希望需要肉体

思想需要肉体，翅膀在

奴隶的肩背萌发，世界是真实和

可知的，酒就是酒，水就是水

去爱就是去战斗，去开门，

去结束一大串的幻影

永远在锁链中，永远被一个

没有脸孔的主人宰割：

倘若两个人

互相对视世界就起变化去看见，

去爱就是去脱下我们名字的衣服：

"让我做你的妓女"埃罗伊兹①说

但他决定屈服于法律

让她做他的妻子，而他们以阉割

惩罚他；

　　　　不如去犯罪

那自杀的情侣，那乱伦犯

在兄弟姐妹间如两面镜子

为他们的倒影坠入爱河，较似吃

有毒面包，在灰烬之床

通奸，凶猛的情欲，荒诞的

毒藤，那鸡奸者

他消磨于他股间玫瑰吐唾沫，

较似在广场被石击毙更如同转动

磨石压榨出生命的液汁，

把永恒变成空洞的钟点

分秒变成监狱，而时间变成

铜币和荒唐磨扇

超越贞操，在沉默的

茎之顶端摇动的无形之花，

---

① 埃罗伊兹，12世纪法兰克福女修道院院长，因与哲学家阿伯拉尔的爱情而闻名。

过滤欲望那个天上圣者难得的

宝石，享受时间的满足，

那沉静和动作的结合，

在它的花冠上歌唱孤独，

每个时辰都是纯洁的花瓣，

世界摘下它的面具，

它的中心晶莹闪光，

那个我们称之为上帝的无名的人

在虚无中自我欣赏，

人没有称谓只从自身呈现，太阳中的

太阳，存在和名字的绝顶结合；

我继续我的冥想，房间，街道，

我通过时间的走廊摸索我的道路，

我上下梯级，手扶墙壁

原地未动，又走回

开始的地方，我寻找你的脸，

沿着自己的街道行走

在一个没有年龄的太阳下，我身边

你同行如一棵树，你走如一条河

跟我说话如一条河的流淌，

你生长如我手中一枝小麦，

你悸动如一只松鼠在我手中，

你飞翔如一千只鸟，而你的笑

是如同大海的浪花，你的头

是我双手中的一颗星，世界

再一次充满绿意，当你微笑

吃下一粒橙子，

　　　　　世界改变了

如果两个人神醉魂迷，躺倒

在草地上，天落下，树

升起，空间将无物只有光明

和寂静，为鹰的眼睛

开放的空间，云的白色部落

悠然飘过，体重抛锚

灵魂驶出，我们失落

我们的名字并在蓝与绿之中

漂流，全部时间什么也没有

发生，除了幸福地流逝的完美的时光，

什么也没发生，你变得平静，你眨眼，

（沉默，正在此刻一位天使越过

庞大如一百个太阳的生命）。

是什么也没发生，只一眨眼吗？

——宴会，流放，另一次犯罪

傻子的笨蛋废话，迟钝的砰的一响

吃惊的目光一闪死者倒在

灰烬铺盖的平地，阿加门农①的

无垠吼声，卡桑德拉②的不停尖叫

一遍又一遍，胜过波涛汹涌，

戴镣铐的苏格拉底③（太阳上升，

死去就是醒来：克里托④，我欠

埃斯库拉皮乌斯⑤一只公鸡，为获健康生命），

在尼尼微⑥废墟徘徊的豺狼，

战役前夜布鲁图斯⑦见到的

阴影，莫克特祖马⑧失眠

在他的荆棘床上，乘坐两轮马车

走向死亡，作无休止的旅行

罗伯斯庇尔⑨计算一分钟又一分钟

他双手托着受伤的下巴，

丘鲁卡⑩坐他的木船好像一座红色宝座，

---

① 阿加门农，荷马史诗中联军统帅。

② 卡桑德拉，特洛伊公主，预言特洛伊将陷落。

③ 苏格拉底，古希腊哲学家，因不信官方宗教被处死。

④ 克里托，苏格拉底的学生。

⑤ 埃斯库拉皮乌斯，罗马神话中的医药神，公鸡是医药神的标志。

⑥ 尼尼微，古代亚述人的国都。

⑦ 布鲁图斯，古罗马共和派政治家，刺杀独裁的恺撒，后兵败马基顿自杀。

⑧ 莫克特祖马，古代阿兹特克皇帝。

⑨ 罗伯斯庇尔，法国大革命领袖，后上断头台。

⑩ 丘鲁卡，西班牙航海家，在海战中阵亡。

林肯①那已经屈指可数的脚步当他离开家

到剧院去，托洛斯基②的奄奄一息

和他的野猪般的呻吟，马德罗③的

那没人理睬的凝视：他们为什么要杀害我？

凶手，圣徒，可怜魔鬼的

那些咒骂，那些叹息，那些沉默

被修辞学的老狗抓扒出来的

措辞和轶事的墓园，我们临终

发出的胡诌，嘶叫，沉闷的声音

如同诞生时的喘息，和搏斗中厮打

被压碎骨骼的声音和预言家冒泡沫的嘴的

惊叫声以及绞刑的喊叫

和牺牲者的喊叫……

　　　　　　　　这些眼睛是火焰

看他们什么都是火焰，耳朵一朵火焰

声音一篷火焰，嘴唇是煤炭

舌头是把火钳，触摸和触摸过的

思想和想到的，以及思想着的人

都是火焰，一切都在燃烧，宇宙

是火焰，空无也在燃烧，那只有一个

着火思想的概念，一切终化作

---

① 林肯，美国南北战争时的总统，在庆祝胜利晚会上被刺杀。

② 托洛斯基，1937 年流亡墨西哥，1940 年被暗杀。

③ 马德罗，墨西哥革命家。

灰烟：没有牺牲者，

没有绞刑吏……

　　　　　　　　而星期五下午的

叫喊呢？那充满信号的沉默

那言而无声的沉默，

它不说什么吗？叫喊什么也不是吗？

当时间流逝什么也没发生吗？

——什么也没发生，只有太阳

一眨眼，无物，几乎没动，

无可挽回，时间永远

不会逆行，死者永久

固定在一次死亡而不能死于

另一次死亡，他们是不可触摸的，

冻结在一个姿势中，而从他们孤独，

从他们死亡，他们盯视我们

无可奈何的，却无法看见，

他们的死化作他们生命的塑像，

一个永恒的存在又无终止地空无，

每一分钟都毫无内容，

一个幻影的王控制你的脉搏

而你最后的表情，一个生硬的面罩

是模型盖住你可变的脸：

那是我们为生命竖立的纪念碑，

未生活过的和异己的，几乎不是我们的，

——几时我们的生命真正属于我们

几时我们永远是我们？

凝眸细辨，我们向来不过是

头晕眼花和空洞无物，在镜中皱眉头

厌恶和呕吐，生命是从不

真正属于我们，它常常是别人

生命不是一个人的，我们全属生命——

太阳的面包为别人，

我们全都是那些别的人——

当我是我的时候，同时是其他人，

我的行为如果属于所有的人就更属于我

因为学做我自己就必须是另一个人

摆脱自身，在别人中

寻找我自己，如果我不存在

那些别人也就不存在，别人赋予我

以充分的存在，我不是我

没有我，永远是我们

生命是别人的，总在更远的

地方，在你之外而且

在我之外，总是在地平线上，

生命使我们入迷发狂，创造我们的脸

而又消磨掉它，呵死亡，我们渴望存在的

面包，

玛丽，珀西芬妮，埃鲁伊兹，那样

我可能最终看见你的转向我的脸

我真实的脸，那属于别人的，

我的脸永远是我们全体的脸，

树和面包师的脸，

驾驶员和水手的脸，

太阳的脸和河流的脸，

彼得和保罗的脸，这些孤独者

集体的脸，唤醒我，

我已经诞生：

生与死

在你身上形成一体，夜晚的女士，

清晰的塔，黎明的皇后

月亮的处女，母亲海洋的母亲，

世界的躯体，死之屋，

自从我出生我就已无休止地坠落，

我坠落在自身不触及底，

用你的眼睛收容我，聚集

我散落的尘埃和调理我的灰烬，

捆绑这些不接合的骨头，吹遍

我身上，将我葬入你的泥土，

让你的沉默带着安宁来到，

给思想以和平：

张开

你的手，种子即是岁月的女主人

而岁月是不朽的，它萌出和生长，

它刚刚诞生，它的出生永无终止，

每一天都新生，而每次新生都是黎明，

我是黎明，我们都是黎明，

太阳以太阳的脸破晓，

约翰以约翰的脸破晓，

约翰的脸也是每个人的脸，

存在的大门，唤醒我，天已破晓，

允许我去看这个白天的脸，

允许我去看这个夜晚的脸，

一切互相关联，一切都在变化，

血之拱门，脉搏的桥，

带我到夜晚的另一边

那里我是你，我们是我们的

那里的代词是相亲相缠的王国，

存在的大门：打开你的存在

醒来，学会存在，塑造

你的脸，夸张你的特征，保持

一张我能看见的脸如你看我的脸，

观察生命直到他临终，一张

大海，面包，岩石和泉水的脸，

将所有我们的脸将融化在

没有姓名的脸之中，溶入没有脸的存在

那不可表达的无数存在的存在……

我想向前去，到更远的地方，却不能，

每一瞬间都向其他的瞬间滑行

我曾梦想你无梦石头的梦

到头来却如石头一样

我听见自己的血流，在它的囚禁中的歌声

大海用光的呢喃歌唱，

障碍一个接一个让路，

所有的门限也都在崩塌，

太阳穿过我的前额发生爆炸，

它分别切开我关闭的眼睑，

割开我的生命剥去伪装

牵引我走出沉睡的自己

从这个千年长眠的石头的梦乡

太阳魔镜的幻术复苏了

一棵晶莹的垂柳，一棵水亮的白杨，

一柱为风掀起举向高空的喷泉，

一株深深植根而依然无声舞蹈的树，

一条向前激荡翻滚的河，

轮番回归，以圆满的循环

不断来到。

1957 年于墨西哥城

（英译者：艾略特·温伯格）

两个人的身体

两个人的身体面对面
是平时的两层波浪
到夜晚便成一片海洋。

两个人的身体面对面
是平时的两粒石子
到夜晚便成一片沙漠。

两个人的身体面对面
是平时的两条根须
入夜便交缠成为一体。

两个人的身体面对面
是平时的两把刀子
到夜晚便拼撞出火花。

两个人的身体面对面
是两颗陨落的星星
在一片空寂的九重天。

（此二首收入《蔡其矫诗歌回廊·太阳石》）

译沃尔夫·毕尔曼 *诗

布莱希特，你的后来人

将在那淹死我们的地方的

洪水泛滥中挣脱出来的你们……

那些你曾在他们身上寄托你的希望的人

带着和你相同的希望他们沉沦

那些有朝一日应该做得比你较好的人

都提出其他的理由期待改正和改善

尚且在这悲哀的日子里安居下来

用你的诗句自鸣得意地沾沾自喜地活着

那些带着眯成细缝的眼睛的人

那些带着他们被堵塞的耳朵的人

那些带着他们被钉牢的舌头的人。

---

* （德国）沃尔夫·毕尔曼，生卒年月不详。

布莱希特，你的后来人，

他们时时都在

惩罚

我

梦已破成碎片，展摊开在我的面前，

期望已成瓦砾堆积在我面前

他们端给我早先热情的垃圾

他们倒给我昔日愤怒的残羹剩饭

在我头上抛撒过去热望的灰烬

在安乐椅上挂起少数几件遗物

打上了官僚的印记

夹在特权的箍指刑具中

被政治警察咀嚼够了才唾出来。

布莱希特，你的后来人

他们时时都在

惩罚

我

而且活像是围绕他们的黑暗使之盲目

而且活像是围绕他们的寂静使之耳聋

而且活像是每日胜利的欢呼使之喑哑

身受不断增加的难以形容的痛苦就

忍耐，那也是他们早已学会的，而且
至今还远未达到那苦难的深渊之底
也远未吃光
那肮脏的贫穷的无尽头的供应

　　　　　　布莱希特，你的后来人
　　　　　　他们时时都在
　　　　　　　　惩罚
　　　　　　　　　　我

浪漫主义的沉船浮物从我身边流过
那饱含隐喻革命漂木
黄铜牌子上总是那些
　　　　　十九世纪伟人的名字。从残骸上也还有一点
　　　　　可以解释那只船。浸在水中的木板说明
　　　　　那是属于淹死的船员，腐烂的绞索至今还胡说什
么船要服从绳子
　　　　　是的，他们已经从淹死你的洪水中
　　　　　挣脱出来又看不见边岸

　　　　　　布莱希特，你的后来人
　　　　　　他们时时都在
　　　　　　　　惩罚
　　　　　　　　　　我

大师，那些都是——也在散文中——你的

　　　　后来人：虽生犹死之辈

只对他们自己才十足宽容

　　　　　变换态度比换双鞋子更经常

那是真相：他们的声音不再嘶哑

——自从他们再也无话可说

他们的面容不再扭曲，不错：

因为他们已变成没脸皮了。最后

人也变成了豺狼

　　　　　　布莱希特，你的后来人

　　　　　他们时时都在

　　　　　　惩罚

　　　　　　　我

倘若客人终于在当时，被我的歌谣误人的真话

　　　　所陶醉，也为我诗中荒谬的逻辑

　　　　所激怒，倘若他们离去，以自信武装起来，然后

　　　　我落在后面：我的火焰的灰烬。然后

　　　　我站在那里：一个抄查过的武器库。而

　　　　喝醉的我则死在我的吉他琴弦上

而我就雨也没有声音没有脸孔

而我活像是因说话变聋，因观看变盲

而我被自己的恐惧吓坏了，而我

布莱希特，你的后来人

他们时时都在

惩罚

我

1972 年

译道格拉斯·利文斯顿* 诗

竹林的一天

从蹲伏的小山横过

清晨，早已松脆的旷野

向那尘土覆盖的

一条小河的微绿峡谷，到大海

只需雨云朝前跨一步就够了；

但那里已经十八个月没有雨了。

峡谷留一杯手掌那么大的

泥污的水：受严重损害的旷野以一条绿带

造成道路。一只孤独的

瘦骨嶙嶙的猫子为取凉而伸舌躺下

靠近穿睡衣的斑马和成堆的

在荆棘中厌恶地抓扒的羚羊。

细长的棕色眼睛的牡鹿稳立
它们太重的角和富有弹性的臀部
优美地跷起后脚以前脚
为支点。长颈鹿，它们的头摆动，
高高站在荫蔽里吃食或警戒，
眨着眼睛，提防包抄而来的有利刃般脚趾的豹。

猫，并不重视休战，
它在被践踏的池塘周围砍杀
　　　利用干旱这个共同的敌人
像任何其他生物一样乘这时机
　　　屠杀不止，然后离开被撕碎的尸体，
在什么地方掘洞去消化。

　　　一丛巨竹静立在水池
几步远的后面好像在等待
　　　凉风来吹冷它们尘满的圆杆。
土黄色，焦灼，披靡，象的饲草弯曲
　　　就如那些叶片经受不了触摸。
无情的，热的印记风行在世界。

　　　太阳执行它的任务盲目地煮滚
从眼球和血液中挤出血浆，

使心肌枯萎，盐分收缩。

以爪厮打的兀鹰用急遽尖叫与胡狼争论

在肉食和死亡之上；这一切够了。

生命，在无情重压下，忍受麻痹时日的煎熬。

醒觉中灰尘之魔高举并翻舞

那软的披肩，一阵微风来临。

每颗头颅都不眨眼地警戒着

当一支竹子爆裂如一声枪响

也许还带着无法抑制的快乐。

越过远方的小山一个阴影形成了。

膨胀着，造成一个巨大的

脑状于群众的思想中成形

膨胀着，为间歇的锯齿形的闪电

劈出裂缝，空前的雷声

朝着雨云的方向滚动着，使枯叶

轻轻回旋。整个世界保持静默。

风开始在树林里庄重地飞翔。

旷野冷淡的黄光

渐暗下来并向停留的畜群滚去。

距离雨撒落它的银色礼物

扩大污泥以阻塞峡谷的咽喉

那将只有半小时的时间，

但那猫子已发现自己的孤立无援。

1965 年

369

遥 夜 之 花

幼年时代我住的地方
晚上的草如同月亮那样有魅力；
冷白而柔软，像美丽的新雪
被季候风深深地堆积。

那里有一种花（我从不知道它的名字）
一年只开一晚上，
以它娇弱的忧郁的脸，
跟随着满月的弧形航线转动。

那里有一座小庙的花园，
一座风神和其他神祇的圣殿，
那地方茶是在瓷的贝壳中向旅客奉献
从红漆的精雕细镂的小桥带来。

在堂下，雕花的桌上散立有
蚀刻云状之树的黑色瓶子；
每个瓶插着一花枝，
为等待多半是中国人的来集，却持有沉默的蕾。
然后月亮升起黄色圆脸。
不多的灯笼看来已淡入银色夜空。
片刻间，如感受魔力，花蕾全部开放。

那里是有许多静谧的人民呵！

湖 上 秋 晨

日出前鹳在那里
头枕着它的身躯休息
在水中升起的长腿上。

一阵闪烁的铅笔画斜线的雨
扫过寒冷的秋天早晨；
而它，太疲于整理

它的被风吹乱的羽毛，
栖落摇摆一会儿，
深思地把颈横倒在地，

弯嘴搁胸上，沉思的眼睛
映着缀星的树景和洼地
这黑衣的外来流浪者

曾长久地独居在
几个星期前。黎明感染一切，
天，水，鸟，芦苇

都成血色和金色。它哀鸣

展开双翅它拍击

微风，缓慢地，庄重地，好像很疲倦，

弯嘴朝前它小心地倾斜

上升到它的无形的天空航道，

很长很长的时间都拖着它的双脚。

伯特兰诺敦

一个七岁牧童

独坐玩抓石子游戏，

背向着王头

细瘦的健康的在吃草的牲畜。

横过溪谷

那远处茅屋的小庄

蹲伏在山的手腕上。

长期相信已熄灭，

那里没有别的

除了睁大眼睛

惊逃的家畜小群

看见二十四根皮上满是灰尘的脚

飞掠而过，倾听那

封闭的嘴长牙齿湿润的咬嚼，

脊椎骨的咔嚓声，

再也没有别的，只有

跑走离开

那残废的懦弱的孩子

一条腿在慢慢地簸动。

中　暑

一个孤独的探研者

摇摇晃晃，被困于

那跳动在融化的地平线上

石板山的幻象中。

没有水，他来到那，

一条河曾奔跑过，现在只剩

流动着一带形的

白色的压制不住的沙的波纹。

咒骂着，他断续挖掘

这里，那里，尽他的手能及的深度，

而后完全静默地坐下，干渴的眼睛

怀疑地看着他的手掌。

一小把冲积的

金刚钻迟到的秋波，还有：

在断崖中的混合物，红宝石，翡翠的

辉耀的小球。

而这时他正在火中游泳

和渴饮，在食腐肉的鸦群

会合的歌唱队下

激溅着闪耀光点的热晕中。

大　人　物

一条黄领蝮蛇，

除了它的短小尾巴外

比破烂的长裤还要粗，

肥胖敏捷

如某些轻步的舞蹈家

捕捉一只打瞌睡的蜥蜴。

有鳞的小怪物

精致的手脚

麻痹呆钝在日光中。

确实气喘吁吁，

但蜥蜴的呼喊

好像主要是从属于它们的生存。

去了。

被一条懒散的黄色的
虫的肠子封闭了。

啊，不幸，跌入
那些恶心的致命的深渊，
不真诚的围墙，不厚道的黑暗。

兀　　鹰

在破烂的黑帆上
它升腾翱翔在
凡事和死亡之上：
一片枝叶在令人晕倒的
太阳的眼中。

钩嘴一次攫取的
降落，头和颈
悬摇，钝的棱角，
一个有感觉的钟摆子
在它的船底般的胸膛近旁。

它的眼凝视，虔诚地
失血和朦胧，
向远方观测，枯萎的
草，树，山的隘口，

石头，河流，白骨，惨淡的白骨

和临时缝上的
贴着肉体的破布。
一次缓慢的仪式的
正直魔鬼的手的拥抱
在骂神的祷告中——

凝止的翅掠过，
那天葬
从夸张的讨厌的讲坛
挂下一个坠子，
当它落下吞咽。

它懒散地刹住
于它的背破裂之前
解决两者倾轧
最后的风的搏击
投射出尘污的双翼。

它再次小心蹲下。
耸起不洁的绒毛
做出满足的表示
弯过头来
它笨拙地跳跃

宽松的颈跟皮毛

在啄食时抖动着，它

向旁横走，而后以它的

赌庄家深思熟虑的步调

走向发恶臭的饭食。